Le 210e jour

Du même auteur
chez le même éditeur

A travers la vitre

en collection de poche

Oreiller d'herbes (n° 2)
Clair-obscur (n° 22)
Le Voyageur (n° 122)

Sôseki

Le 210e jour

Traduit du japonais par
René de Ceccatty et Ryôji Nakamura

Rivages

Couverture : Kaii Higashiyama, *Rayonnement*, 1981, détail

Titre original : *Nihyakutôka*

106, boulevard Saint-Germain – 75006 Paris

ISBN : 2-7436-0558-8
ISSN : 1160-0977

1.

Les bras ballants, Kei revient de quelque part.

— Où es-tu allé ?

— Je suis allé me promener un peu en ville.

— Il y avait quelque chose à voir ?

— Un temple.

— Et puis ?

— Un ginkgo à la porte du temple.

— Et puis ?

— Entre le ginkgo et le pavillon principal, le chemin était dallé sur une centaine de mètres. C'est un temple tout en longueur.

— Tu es entré ?

— J'ai renoncé.

— A part ça, rien d'autre ?

— Rien de particulier. Au fond, dans la plupart des villages, il y a un temple, non ?

— Oui, partout où il meurt des hommes, il en faut bien.

— Certes, répondit Kei, en penchant la tête.

De temps à autre, Kei se montrait admiratif de façon intempestive. Au bout d'un moment, il redresse la tête et déclare :

— Après, je suis passé devant le maréchal-ferrant qui était en train de changer les fers d'un cheval, c'est incroyable ce qu'il s'y prenait bien.

— Je me disais bien aussi que ç'avait été un peu long pour la visite d'un temple. C'est si exceptionnel que ça, de voir changer un fer à cheval ?

— Ce n'est pas que ce soit exceptionnel, mais j'ai regardé. A ton avis, combien d'instruments il faut pour ça ?

— Combien d'instruments il faut ?

— Devine un peu.

— On ne va pas jouer aux devinettes, dis-le-moi.

— Figure-toi qu'il n'en faut pas moins de sept.

— Tant que ça ? Quoi par exemple ?

— Quoi par exemple ? Eh bien, quoi qu'il en soit, j'en suis sûr. Pour commencer, un burin pour arracher la corne. Puis un marteau pour frapper sur le burin. Ensuite un petit couteau pour limer la corne. Et un drôle de machin pour évider le sabot. Ensuite...

— Ensuite quoi ?

— Ensuite, il y a des tas de trucs bizarres. D'abord, j'ai été étonné de voir le cheval si calme. On avait beau lui limer et lui évider les sabots, il restait placide.

— Ce n'est que de la corne. Les hommes aussi, quand ils se coupent les ongles, ils restent placides.

— Les hommes peut-être, mais là c'était un cheval !

— Homme ou cheval, c'est une histoire d'ongle. On peut dire que tu as du temps à perdre, toi.

— C'est justement parce que j'ai du temps à perdre, que j'ai observé. Mais c'est si beau quand on bat le fer rouge dans la pénombre. Ça fait des étincelles en tous sens.

— Hé oui, même en plein centre de Tôkyô, ça fait des étincelles.

— Ça fait peut-être aussi des étincelles en

plein centre de Tôkyô, mais c'est différent. D'abord, avec un maréchal-ferrant en pleine montagne comme ici, le son est différent. D'ailleurs, tu peux l'entendre d'ici.

Le soleil de ce début d'automne s'incline vers les pays lointains, la fraîcheur s'installe et, alors que l'air du village de montagne désolé appelle un crépuscule mélancolique, on entend le choc répété du fer qu'on bat, cling, cling !

– Tu entends, non ? demande Kei.

– Oui, répond laconiquement Roku, avant de sombrer dans le silence.

Dans la pièce voisine, deux personnes bavardent avec vivacité.

« C'est alors que l'adversaire a laissé échapper le sabre de bambou et là-dessus il a été atteint à l'avant-bras.

– Ah oui, il a été finalement touché à l'avant-bras ?

– Oui, il a été touché à l'avant-bras. L'autre l'a atteint à l'avant-bras. Mais, tu vois, comme il a laissé échapper son sabre, il ne pouvait plus rien faire.

– Ah oui. Il a laissé échapper son sabre ?

– Mais le sabre, il l'avait déjà laissé échapper.

– S'il l'a laissé échapper et qu'il a été touché à l'avant-bras, c'est très ennuyeux.

– Evidemment que c'est ennuyeux. Puisqu'il s'est fait prendre son sabre et toucher son bras. »

La conversation des deux hommes pourrait continuer longtemps comme ça, elle ne cesse d'en revenir au sabre et à l'avant-bras. Kei et Roku, assis l'un en face de l'autre, échangent un regard et un sourire.

Le choc répété du fer qu'on bat résonne dans le village tranquille, cling, cling ! C'est un son perçant et assez inquiétant.

– On frappe encore sur le sabot d'un cheval. Il fait un peu froid, tu ne trouves pas ? demanda Kei, en se raidissant sous son *yukata*[1] blanc.

Roku referme le col de son kimono non doublé, également blanc, et resserre convenablement ses genoux jusque-là écartés avec désinvolture. Puis Kei déclare :

– Il y avait un marchand de *tôfu*[2] en plein

---

1. Kimono d'été.

2. Pâte de soja, qui a la consistance et la couleur du fromage. Nourriture populaire aux connotations comiques dans ce contexte.

milieu du quartier où j'habitais dans mon enfance.

– Un marchand de *tôfu*, et alors ?

– Eh bien, ce marchand de *tôfu*, après le coin du magasin, si on montait cent mètres plus haut, on arrivait au temple de Kankei.

– Au temple de Kankei ?

– Oui. Il doit exister encore. De la porte du temple, on n'apercevait qu'un bosquet de bambous et on avait l'impression qu'il n'y avait ni pavillon central ni résidence des prêtres. Dans ce temple, tous les matins vers quatre heures, quelqu'un venait sonner la cloche.

– Comment ça, quelqu'un ? Mais c'était un bonze.

– Je ne sais pas si c'était un bonze ou pas. Quoi qu'il en soit, dans les bambous, on entendait le bruit faible d'un choc, ding, ding ! Les matins d'hiver, où une épaisse couche de givre s'était déposée, quand sous mon *futon* j'étais à l'écoute du froid du monde, comme feutré par les quelques centimètres de tissu, j'entendais cet écho venu du bosquet de bambous, ding, ding ! Je ne savais pas qui frappait. Chaque fois que je passais devant le temple, je voyais le long chemin dallé, la porte délabrée et le grand bosquet de bambous qui l'envahissait de son foisonnement, mais je n'ai jamais regardé à l'intérieur du temple. Je me contentais d'écouter l'écho de la cloche qu'on sonnait au fond du bosquet de bambous et je me recroquevillais comme une crevette sous ma couette.

– Comme une crevette ?

– Oui. Comme une crevette et je murmurais entre mes dents ding, ding !

– C'est étrange, ça.

– Alors, le marchand de *tôfu* près du temple se réveillait soudain, il ouvrait les volets. Et j'entendais le bruit du mortier dans lequel il écrasait le soja, paf, paf ! Et le ruissellement de l'eau de rinçage du *tôfu*.

– Au fait, où se trouvait ta maison ?

– Eh bien, à un endroit d'où je pouvais entendre ces bruits.

– C'est-à-dire plus précisément ?

– Tout à côté.

– En face du marchand de *tôfu* ou à côté de lui ?

– Enfin, au premier étage.

– De quoi ?

– Du magasin de *tôfu*.

– Ça alors, dis donc… s'exclama Roku, stupéfait.

– Je suis le fils du marchand de *tôfu*.

– Ça alors ! Du marchand de *tôfu* ? répéta Roku, de plus en plus étonné.

– Ensuite, à la saison où les volubilis se fanaient et brunissaient sur la haie, crissant lorsqu'on tirait sur leur enchevêtrement et quand une nappe blanche de brume descendait de toutes parts et que les réverbères à gaz commençaient à miroiter, la cloche sonnait de nouveau. Ding, ding ! L'écho limpide montait du fond des bambous. Et alors, le marchand de *tôfu* près du temple, à ce signal produit par la cloche, refermait les portes coulissantes.

– Tu dis le marchand de *tôfu* près du temple, mais c'est de chez toi que tu parles.

– Chez moi, c'est-à-dire chez le marchand de *tôfu* près du temple, on fermait les portes coulissantes. Et en entendant ce bruit, ding, ding ! je montais au premier pour étendre mon *futon* et me coucher… Chez moi le *yoshiwaraagé*[1] était très bon. Il était apprécié dans le quartier.

L'avant-bras et le sabre de la chambre voi-

1. Pâte frite dérivée du *tôfu*.

sine se sont l'un et l'autre apaisés ; sur la véranda, de l'autre côté, un vieil homme gros, d'une soixantaine d'années, adossant son échine voûtée à un pilier, assis en tailleur, arrache un par un les poils de son menton à l'aide d'une pince à épiler. Il saisit fermement la racine du poil et tire d'un coup sec, la pince s'écartant vers le bas et le menton se cabrant dans un soubresaut. On dirait une machine.

– Combien de jours il lui faudra pour tout épiler ?

Telle est la question que Roku a posée à Kei.

– S'il y met du sien, une demi-journée lui suffira.

– Ce n'est pas dit, protesta Roku.

– Tu crois ? Disons un jour.

– Ce serait trop simple d'en finir en un jour ou deux.

– En effet. Ça lui prendra peut-être une semaine. Regarde-moi un peu le soin avec lequel il se tâte le menton en s'épilant.

– A ce train-là, il n'aura pas eu le temps d'enlever ses poils que déjà d'autres auront poussé.

– Quoi qu'il en soit, ça doit lui faire mal,

dit Kei comme pour changer de sujet.

– C'est sûr que ça doit lui faire mal. Si on lui donnait un conseil ?

– Lequel ?

– D'arrêter ça.

– De quoi te mêles-tu ? On va plutôt lui demander combien il lui faudra de temps pour tout épiler.

– Bon, très bien. C'est toi qui vas le lui demander.

– Je ne veux pas, fais-le plutôt.

– Je peux si tu veux, mais ça n'a aucun intérêt, non ?

– Eh bien, on y renonce alors.

Kei retire généreusement sa propre proposition.

Le fracas du maréchal-ferrant, qui s'était interrompu une première fois, retentit sous le ciel limpide, cling, cling !, peut-être dans l'intention de broyer, sous d'innombrables coups de tonnerre, l'automne qui, ce jour-là, monte dans le village de montagne.

– Quand j'entends ce bruit, je ne peux m'empêcher d'avoir la nostalgie du magasin de *tôfu* d'autrefois, dit Kei, les bras croisés.

– Mais enfin, le fils du marchand de *tôfu*

est devenu comme ça ?

– Comment comme ça ?

– Tu n'as rien d'un marchand de *tôfu*.

– Fils de marchand de *tôfu* ou de poissonnier... il suffit de le vouloir, pour devenir ce qu'on veut.

– C'est vrai, au fond tout est dans la tête.

– Il n'y a pas que la tête qui compte. Qui sait combien il y a dans ce monde de fabricants de *tôfu* qui ont quelque chose dans la tête. Ça ne les empêche pas de rester fabricants de *tôfu* toute leur vie durant ! Les pauvres !

– Qu'est-ce qui compte alors ? demande innocemment Roku.

– Ce qui compte, eh bien, c'est de le vouloir.

– Même si on le veut, il y a bien des choses que la société ne permet pas, n'est-ce pas ?

– C'est ce qui me fait dire : les pauvres ! Tant pis si on naît dans une société injuste. Qu'elle le permette ou non, peu importe, le tout est de le vouloir soi-même.

– Et si on le veut sans le devenir pour autant ?

– Qu'on le devienne ou non, là n'est pas le problème. Il faut le vouloir. A force de le vouloir, on obtient de la société qu'elle le permette, dit Kei, péremptoire.

– Si tout marche comme sur des roulettes, parfait ! Ha, ha, ha, ha !

– Mais moi, jusqu'à maintenant, c'est toujours comme ça que j'ai vécu.

– C'est bien ce qui me fait dire que tu n'as rien d'un marchand de *tôfu*.

– Peut-être que maintenant je vais en prendre l'air. Ce serait gênant. Ha, ha, ha, ha !

– Si c'est ce qui se passe, que feras-tu ?

– Si c'est ce qui se passe, ce sera la faute de la société. Moi, quoi qu'il en soit, j'aurai fait ce qu'il faut pour rendre juste une société injuste, et si elle n'en tire pas la leçon, à qui la faute ?

– Tu sais, la société, hein, puisqu'un fils de marchand de *tôfu* peut devenir quelqu'un de bien, quelqu'un de bien peut toujours devenir un marchand de *tôfu*.

– Qu'est-ce que tu appelles quelqu'un de bien ?

– Ce que j'appelle quelqu'un de bien ? Par exemple les nobles, les riches.

Voilà comment, aussitôt, Roku donne sa définition de quelqu'un de bien.

— Ouais. Les nobles et les riches, mais ils restent quand même des fabricants de *tôfu*.

— Et ces fabricants de *tôfu*, ils se promènent en calèche, ils se font construire des villas et ils font comme s'ils étaient maîtres de ce monde. Voilà le désastre !

— Et donc ces gens-là, il faut qu'ils deviennent pour de vrai des fabricants de *tôfu*.

— C'est notre désir peut-être, mais sans doute pas le leur !

— Il faut qu'ils le deviennent, de gré ou de force, et c'est comme ça que la société deviendra juste.

— C'est parfait si elle devient juste. Je t'en prie, ne te gêne pas !

— Ce n'est pas « ne te gêne pas » qu'il faut me dire. A toi aussi de m'aider... Si seulement ils se contentaient de se promener en calèche, de se faire construire des villas, mais ils oppriment outrageusement les autres, ces fabricants de *tôfu*. Dire que ce ne sont rien que des fabricants de *tôfu*.

Kei commençait à s'indigner.

— Il t'est arrivé d'en pâtir ?

Kei garde les bras croisés en se contentant d'acquiescer. Les bruits du maréchal-ferrant du village continuent à résonner, cling, cling !

– Encore ce cling, cling !... Hé, tu as vu comme mes bras sont forts ?

Kei retrousse soudain ses manches et exhibe ses bras noirs sous le nez de Roku.

– Tu as toujours eu de gros bras, toi. Et puis, ils sont drôlement noirs ! Tu pilais les haricots de soja ?

– Je pilais, je puisais de l'eau... Dis-moi, si par mégarde on marche sur les pieds de quelqu'un, c'est lequel qui s'excuse ?

– Il me semble qu'en principe c'est celui qui a marché sur les pieds de l'autre.

– Et si soudain on donne un coup de poing à quelqu'un ?

– C'est qu'on est fou, tiens !

– Tu penses qu'un fou n'a pas à s'excuser ?

– Eh bien, si on peut lui demander de s'excuser, il vaut mieux qu'il le fasse.

– Alors, tu ne trouverais pas étonnant qu'un fou te demande de t'excuser ?

– Il y a des fous qui font ça ?

– De nos jours, les fabricants de *tôfu* appartiennent tous à cette espèce de fous. Ils oppriment les autres et après ils les forcent à baisser le front. Normalement, ce serait à eux de se mettre dans leurs petits souliers, ne serait-ce pas dans l'ordre des choses ?

– Bien sûr, ce serait dans l'ordre des choses. Seulement, si ce sont des fabricants de *tôfu* qui sont fous, il n'y a rien d'autre à faire que de les ignorer.

Kei une fois encore acquiesce. Et au bout d'un moment, comme pour lui-même :

– Si c'était pour laisser proliférer ce genre de fous, mieux aurait valu ne pas venir au monde.

Chaque fois que la conversation s'interrompt, les bruits du maréchal-ferrant du village, cling, cling ! résonnent à travers tout le bourg tranquille.

– Ça n'arrête pas, ces cling, cling ! Je ne sais pas, mais ça ressemble à la cloche du temple de Kankei.

– C'est drôle comme ça t'obsède. Y a-t-il un rapport quelconque entre le son de la cloche de ce temple de Kankei et les fabricants de *tôfu* qui sont fous ?... Au fond, quel chemin as-tu suivi, toi, fils de marchand de *tôfu*, pour être ce que tu es maintenant ? Raconte-moi un peu ça.

– Si tu as envie d'entendre ça, mais il fait froid, non ? Si nous allions prendre un bain avant le repas ? Tu n'as pas envie ?

– D'accord, allons-y.

Kei et Roku descendent dans le jardin, leurs serviettes se balançant au bout de leurs mains. Les socques à lanières de palmiers de chanvre, mises à leur disposition, portent le blason de l'auberge, comme dans une grande ville.

2.

– C'est bon pour quoi, cette eau ? demande Kei, le fils du marchand de *tôfu*, en faisant des vagues dans la baignoire.

– Pour quoi elle est bonne ? D'après le tableau de sa composition, elle doit être bonne pour tout... Mais tu sais, tu peux longtemps t'en frotter le nombril, il ne rentrera pas davantage dans ton ventre.

– Elle est extrêmement limpide, dit le maître au nombril proéminent, en la puisant dans la coupe de ses mains et en la buvant. Mais elle n'a aucun goût, proteste-t-il en la recrachant sur le sol de la salle de bains.

– Elle est potable, dit Roku, en la buvant goulûment.

Kei cesse de se nettoyer le nombril et, accoudé au rebord de la baignoire, il regarde distraitement au-dehors, à travers la vitre. Roku, immergé jusqu'au cou, observe le torse de l'autre.

— Tu es bien bâti, dis donc ! Vraiment comme à l'état sauvage...

— Je ne suis pas un fils de marchand de *tôfu* pour rien. Quand on n'est pas solide, on ne peut pas se bagarrer avec les nobles et les riches. C'est qu'on est seul contre tous.

— Tu parles comme si tu avais vraiment un adversaire. Qui est ton ennemi actuel ?

— N'importe qui.

— Ha, ha, ha ! Tu ne t'en fais pas, toi au moins ! Tu as l'air de savoir te battre, mais ce qui m'a impressionné, c'est que tu as des jambes robustes. Si je n'avais pas été avec toi, hier, je n'aurais jamais eu le courage de venir jusqu'ici. A vrai dire, à mi-chemin, j'ai pensé arrêter là les frais.

— Je reconnais que ce n'était pas facile. Mais j'ai pourtant fait un effort pour te ménager.

— Vraiment ? Si c'est vrai, tu es un type bien !... Mais, tu parles ! Maintenant, tu tires la couverture à toi.

— Ha, ha, ha ! Moi, tirer la couverture ? Il n'y a que les nobles et les riches qui tirent la couverture.

— Encore les nobles et les riches ! C'est vraiment ta bête noire.

— Certes, je n'ai pas d'argent. Mais je suis un marchand de *tôfu* sans son pareil.

— Ça oui, rien moins que ça, un marchand de *tôfu* sans son pareil. Un balèze à l'état sauvage.

— Dis-moi, quelles sont ces fleurs jaunes qui poussent là-bas, de l'autre côté de la fenêtre ?

Roku, toujours dans l'eau, tourne la tête en se contorsionnant.

— Des fleurs de potiron.

— Tu es bête ! La fleur de potiron rampe sur le sol. Cette fleur grimpe sur un tuteur et atteint le toit de la salle de bains.

— Tu veux dire que si ça grimpe, ça ne peut pas être une fleur de potiron ?

— Mais enfin, c'est bizarre, non, que ça fleurisse maintenant ?

— Bizarre ou pas, « *Les fleurs de potiron fleurissent sur les toits* »...

— C’est une chanson, ça ?

— Hé oui, au début ce n’était pas dans mon intention, mais en cours de route c’est devenu une chanson malgré moi.

— C’est parce que les fleurs de potiron fleurissent aussi sur les toits, que même les fabricants de *tôfu* montent en calèche. C’est un comble, non ?

— Toujours cette indignation ! A quoi ça sert de s’indigner au fond des montagnes ? Laissons tout ça et grimpons plutôt au sommet du mont Aso pour voir jaillir du cratère des pierres incandescentes... Mais ne va pas t’y jeter !... C’est que tu commences à m’inquiéter.

— Le cratère doit être en effet redoutable. Il paraît que des pierres aussi grosses que des boulets sont crachées incandescentes dans le ciel. Elles fusent en tous sens à des centaines de mètres, ce doit être grandiose... Demain on doit se lever tôt.

— Oui, je suis d’accord pour qu’on se lève tôt, mais je t’en supplie, hein, une fois dans les hauteurs, on ne fait plus la course ! prévient d’emblée Roku.

— Quoi qu’il en soit, nous nous levons à six heures...

— A six heures !

— On se lève à six heures, on sort du bain à sept heures et demie, on mange à huit heures, on sort des toilettes à huit heures et demie, puis on quitte l'auberge et à onze heures on se rend en pèlerinage au sanctuaire d'Aso, on commencera l'ascension à midi.

— Hein, mais qui ?

— Toi et moi.

— Tu fais comme si tu étais seul.

— Allons donc !

— Quel honneur tu me fais ! On dirait que je suis ton serviteur.

— Humm ! Au fait, qu'est-ce qu'on va manger à midi ? On se rabat sur de l'*udon*[1] ? dit Kei, en abordant le problème du repas du lendemain.

— Pas d'*udon*, merci ! Dans le coin, l'*udon*, c'est vraiment des baguettes de cyprès et ça vous gonfle le ventre.

— Alors des *soba*[2] ?

— Pas question ! Moi, ça ne me suffit pas, des nouilles.

---

1. Nouilles de farine de blé.

2. Nouilles de farine de sarrasin.

— De quoi as-tu envie ?

— De n'importe quoi, mais qui soit bon, en tout cas.

— Comment veux-tu qu'on trouve quelque chose de bon au fin fond des montagnes d'Aso ? En l'occurrence, il faudra bien se contenter d'*udon*...

— Quelle drôle d'expression : « en l'occurrence ». Qu'est-ce que c'est, cette occurrence-là ?

— Notre voyage a pour but de donner de la vigueur à notre goût...

— C'est le but de notre voyage ? Première nouvelle. D'accord pour la vigueur, mais pour l'*udon* pas question ! Je n'en ai peut-être pas l'air, mais je suis d'une bonne extraction sociale.

— Voilà pourquoi tu es aussi peu résistant. Moi, quand je manquais d'argent pour mes études, il m'arrivait de me contenter d'un bol de riz par jour.

— Tu as dû maigrir, s'apitoie Roku.

— Je n'ai pas tellement maigri, mais l'ennui, c'était que j'étais couvert de poux... Toi, ça t'est arrivé d'en avoir ?

— Jamais ! Je suis d'une autre classe sociale !

— Il faudrait que tu connaisses ça. Ce n'est pas une mince affaire de s'en débarrasser.

— Il suffit de plonger ses vêtements dans l'eau bouillante.

— De l'eau bouillante ? Peut-être que ce serait efficace. Mais on ne peut pas faire sa lessive gratis.

— C'est vrai, tu n'avais pas un sou.

— Pas un sou.

— Comment t'y es-tu pris ?

— J'ai bien été obligé d'étendre ma chemise sur le seuil, j'ai pris une pierre ronde et j'ai tapé dessus. Avant même d'écraser les poux, j'ai déchiré le tissu.

— Oh là là !

— Avec ça, ma proprétaire s'en est rendu compte et elle m'a mis à la porte.

— Tu devais être au désespoir !

— Pas vraiment. Si ça avait suffi à me désespérer, je n'aurais pas survécu jusqu'à aujourd'hui. Car désormais je vais peu à peu transformer les nobles et les riches en fabricants de *tôfu*. Et je ne peux donc pas me permettre d'être désespéré pour si peu.

— Dans ces conditions, moi aussi je serai bientôt forcé de déambuler dans les rues en criant : « *Tôfu*, qui veut mon *tôfu* ? »

– Mais tu n'es pas noble.

– Pas encore, mais j'ai pas mal d'argent.

– Bien sûr, mais ça ne suffit pas.

– Tu veux donc dire que je ne suis pas qualifié pour crier : « *Tôfu*, qui veut mon *tôfu* ? » Tu sous-estimes trop ma fortune.

– A propos, pourrais-tu me laver le dos ?

– Tu peux en faire autant ?

– Si tu veux. Tu sais, les bonshommes de la chambre d'à côté se lavent le dos entre eux.

– Leurs dos, c'est du pareil au même. Ils ne perdent pas au change. Alors que nos dos diffèrent considérablement en superficie et j'y perdrais.

– Si tu te lances dans des raisonnements aussi compliqués, autant que je me lave tout seul, dit Kei.

Il prend appui solidement sur ses jambes dans l'eau pour ne pas tomber et étire sa serviette avec énergie, la plaquant en biais d'un coup sec sur son dos huileux. Puis, comme les muscles de ses bras se dessinent soudain, la serviette imbibée d'eau commence à frictionner son dos charnu et vallonné.

A chaque mouvement de la serviette, il fronce

ses épais sourcils. Ses narines se dilatent et forment un triangle, les ailes s'écartent fermement de part et d'autre. Il serre les mâchoires, comme s'il était en train de s'éventrer, ses lèvres formant un pli d'une oreille à l'autre.

– On dirait un vrai Niô[1] ! C'est le bain de Niô ! Comment arrives-tu à faire cette grimace, c'est vraiment extraordinaire ! Je crois qu'il n'est pas nécessaire de rouler ainsi des yeux quand on se lave le dos.

Sans rien dire, Kei se frotte le dos de toutes ses forces. Il se frotte et, de temps à autre, plonge sa serviette dans l'eau chaude, pour l'imbiber complètement. Chaque fois que Kei la mouille, Roku reçoit en plein visage une quinzaine de gouttes de cette mixture de sueur, de crasse, de savon et d'eau chaude.

– Je déclare forfait ! Tu m'excuseras, mais moi, je sors de la baignoire.

Roku saute hors de la vasque. Mais bien qu'il soit sorti de l'eau, il est si admiratif qu'il s'immobilise pour contempler le bain de Niô.

– Au fait, qui sont les autres clients ? de-

1. Divinité, souvent représentée en statue, avec une tête féroce, et en position debout.

mande Kei du fond de la baignoire.

– Peu importent les autres clients. Tu as vraiment une drôle de tête !

– J'ai fini. Hmm, comme c'est agréable ! s'exclame Kei et, lâchant un bout de la serviette, il enfonce son large dos d'un seul coup comme une pierre dans l'eau.

L'eau chaude qui remplit la baignoire paraît prise au dépourvu et soulève, du fond de la vasque, une véritable tempête. Flic, floc, elle éclabousse tout le sol.

– Ah, comme c'est agréable ! répète Kei, au milieu des vagues.

– En effet, si on se conduit avec ton sans-gêne, ça doit être agréable. Tu as du toupet quand même !

– Nos voisins ne parlaient que de sabre de bambou et d'avant-bras. Qui ça peut bien être ? demande Kei avec désinvolture.

– C'est comme toi qui as toujours les nobles et les riches à la bouche.

– Moi, j'ai des raisons profondes à cela, tandis qu'eux on ne sait pas ce qui les motive.

– Pour eux, ça doit aller de soi... « C'est alors qu'il s'est fait toucher l'avant-bras », dit Roku en imitant les clients.

– Ha, ha, ha, ha ! « C'est alors qu'il a fait tomber son sabre de bambou », dit Kei, en les imitant à son tour. Ha, ha, ha, ha ! Ils s'en font pas, ces deux-là !

– Peut-être qu'au fond ils sont du genre à s'indigner. Tu sais, il y a souvent ça dans les anciens romans illustrés. « Machin Truc n'était en réalité nul autre que le pirate Harimoto Kezori Kuemon. »

– Ils n'ont rien de pirates. En venant à la salle de bains, j'ai jeté un coup d'œil. Tous les deux dormaient à poings fermés, la tête à même le bois de l'appuie-tête.

– Quand on a une tête qui supporte le contact du bois d'un appuie-tête, alors évidemment « on se fait atteindre à l'avant-bras » ! conclut Roku, en continuant à les imiter.

– « Ils se font prendre aussi leur sabre. » Ha, ha, ha, ha ! L'un d'eux avait laissé en s'endormant un livre rouge ouvert sur sa poitrine.

– Et avec ce livre rouge, « on laisse tomber son sabre de bambou et on se fait atteindre à l'avant-bras », dit Roku en allant jusqu'au bout de son imitation.

– Qu'est-ce que c'était, ce livre ?

– *Le Duel d'Iga*, répond Roku sans hésiter.

– *Le Duel d'Iga* ? Qu'est-ce que c'est, ça, *Le Duel d'Iga* ?

– Tu ne connais pas *Le Duel d'Iga* ?

– Je ne connais pas. C'est peut-être une honte de ne pas le connaître, observe Kei d'un air perplexe.

– Il n'y a pas de honte à ça, mais je ne peux pas te le raconter.

– Tu ne peux pas me le raconter ? Pourquoi ?

– Pourquoi ? Mais tu ne connais pas Araki Mataemon[1] ?

– Hmm ? Mataemon ?

– Tu le connais ? demande Roku, en rentrant dans l'eau.

Kei se relève dans la baignoire.

– Pitié ! Plus de bain de Niô !

– Ça va, ça va, je ne me lave plus le dos. Ça me donne des bouffées de trop rester dans l'eau, alors il faut que je me lève de temps en temps.

– Si tu te contentes de rester debout, ça

1. Samouraï du XVIIe siècle. Vainqueur dans le duel d'Iga, en 1634.

me rassure... Alors tu le connais, Araki Mataemon ?

– Mataemon ? Eh bien, j'ai bien dû entendre ça quelque part. Il n'était pas au service de Toyotomi Hideyoshi[1] ? hasarde Kei, en laissant échapper cette énormité.

– Ha, ha, ha, ha ! Les bras m'en tombent ! Pour quelqu'un qui se targuait de vouloir transformer les riches et les nobles en marchands de *tôfu*, tu ne m'as pas l'air de savoir grand-chose !

– Alors attends. Laisse-moi réfléchir un peu. Tu dis Mataemon ? Mataemon... Araki Mataemon ? Attends donc. Araki Mataemon... Ah, j'y suis !

– Qui c'est ?

– Un lutteur de *sumô* !

– Ha, ha, ha, ha ! Mataemon, un lutteur ! Alors là, je n'en reviens pas ! Quelle nullité, celui-là ! Ha, ha, ha, ha ! jubile Roku.

– C'est si drôle que ça ?

– N'importe qui rirait en entendant ça.

– Il est si célèbre que ça, ce type ?

---

1. Guerrier et dirigeant politique du XVIe siècle. Kei se trompe donc d'époque.

– Evidemment, c'est Araki Mataemon.

– Je te disais donc que j'avais entendu ça quelque part.

– Tu ne sais pas qu'on dit : « Au bout de l'exil, Sagara de Kyûshû » ?

– On le dit peut-être, mais je ne crois pas l'avoir jamais entendu.

– Tu es irrécupérable, vraiment !

– Qu'est-ce qu'il y aurait à récupérer ? Je ne vois vraiment pas comment ne pas connaître ton Araki Mataemon pourrait constituer une atteinte à ma personnalité. A côté de ça, moi, j'appelle irrécupérable un bonhomme qui cale au bout de cinq lieues en montagne et qui ne cesse de gémir.

– Tu ne vas quand même pas parler biceps et mollets. Parce que, alors là, je n'ai aucune chance. Dans ce domaine-là, c'est le royaume des marchands de *tôfu*. Moi aussi, j'aurais dû travailler comme apprenti dans un magasin de *tôfu*.

– Je vais te dire, chez toi, la faiblesse est une seconde nature. Tu manques totalement de volonté.

– Je croyais en avoir à revendre. Mais je dois reconnaître moi-même que devant un bon plat d'*udon*, ma volonté flanche.

— Ha, ha, ha, ha ! Tu dis vraiment n'importe quoi !

— Mais pour un marchand de *tôfu*, tu es plutôt bien fait.

— Tout noir que je suis ?

— Noir ou blanc, un marchand de *tôfu* est souvent tatoué, non ?

— Pourquoi ?

— Je n'en sais rien, mais quoi qu'il en soit, il est tatoué. Et toi, au fait, pourquoi tu ne t'es pas fait tatouer ?

— Cesse tes idioties ! Comment veux-tu que quelqu'un d'aussi raffiné que moi s'abaisse à ces stupidités ? A un noble ou à un riche ça convient sans doute, mais pas à moi. Pas plus qu'à Araki Mataemon.

— Araki Mataemon ? Tu me poses une colle. Je ne me suis pas encore interrogé là-dessus.

— Peu importe. Quoi qu'il en soit, demain, on se lève à six heures.

— Puis, quoi qu'il en soit, on mangera de l'*udon*, n'est-ce pas ? Que je manque de volonté, c'est peut-être un problème, mais que la tienne soit si ferme, c'est encore plus décourageant. Depuis notre départ, je n'ai pas réussi à faire passer un seul de mes caprices. Je me soumets à tes ordres, comme un béni-oui-oui. On ne plaisante pas avec le tôfuisme, hein ?

– Evidemment, si je n'avais pas une main de fer, quel laisser-aller !

– Tu parles de moi ?

– Non, de tous ces types qui traînent... Les riches, les nobles, ou je ne sais quoi, tous ces m'as-tu-vu qui prennent de grands airs.

– Mais tu t'y prends mal. Si c'est moi qui dois me soumettre au tôfuisme à la place de tous ces gens, c'est un peu exagéré. Je n'en reviens pas ! Merci bien, désormais, plus question pour moi de voyager avec toi !

– Ça ne me fait rien.

– Ça ne te fait peut-être rien, mais, moi, ça me fait quelque chose. En plus, je finance le voyage pour la moitié, c'est vraiment idiot.

– Mais c'est grâce à moi que tu pourras voir le sublime cratère du mont Aso.

– Pauvre petit ! Rien ne m'empêche d'y monter tout seul.

– Mais les nobles et les riches sont tellement couards, franchement...

– J'écope encore pour eux ! Ecoute, arrête de me faire payer pour eux et adresse-toi plutôt directement aux vrais riches et aux vrais nobles.

– J'ai bien l'intention de le faire un jour... Ce sont des couards, ils ne comprennent rien à rien, et ils ne valent pas trois sous comme êtres humains.

– Voilà pourquoi il faudrait les transformer, en série, en marchands de *tôfu*.

– Je pense bien le faire un jour.

– Tu ne fais que le penser, c'est inquiétant.

– Mais à force d'y penser sans cesse, ça finit par se réaliser.

– Quel flegme ! Enfin, moi, je connais quelqu'un qui, à force de penser qu'il attraperait le choléra, a fini par en être bel et bien victime. J'espère que pour toi aussi ça marchera comme ça.

– Tiens, ce vieux qui s'épilait la barbe, le voilà qui s'approche, une serviette à la main.

– Tu profiteras de l'occasion pour lui poser ta question.

– Moi, je sors parce que je commence à bouillir.

– Allons, ne sors pas encore. Si tu n'en as pas envie, je poserai la question moi-même. Reste donc encore un moment.

– Tiens, derrière le vieux, voilà maintenant le sabre de bambou et l'avant-bras qui s'amènent.

– Où ça ? Ah oui, ils arrivent ensemble. Il y a encore quelqu'un derrière. Tiens, c'est une vieille ! Elle aussi, elle va prendre un bain ici ?

– Moi, quoi qu'il en soit, je sors.

– Si la vieille entre ici, moi aussi je sors.

Quand ils sortent de la salle de bains, le vent piquant d'automne s'engouffre dans leurs manches et s'infiltre sur leur peau jusqu'à leur nombril. Kei, au nombril saillant, éternue sans retenue. Au pied des marches, cinq ou six hibiscus blancs emplissent de leur triste floraison le crépuscule d'automne. Dans les hauteurs, le mont Aso gronde au loin sourdement.

– C'est là-haut qu'on va monter, dit Roku.

– Il gronde, comme c'est excitant ! répond Kei.

3.

– Mademoiselle, vous ne le trouvez pas gros ?

– Monsieur est très gras en effet.

– Gras ! Mais vous savez, je suis marchand de *tôfu*.

– Oh, oh, oh !

– Ça vous fait rire de savoir que je suis marchand de *tôfu* ?

– Ça la fait rire, parce que tu as beau être marchand de *tôfu*, tu as la tête de Takamori Saigô[1]. A propos, avec cette cuisine *shôjin*[2],

1. Homme politique (1827-1877), qui participa à la Restauration de Meiji. Son visage est bouffi et renfrogné.

2. Cuisine d'inspiration bouddhiste qui exclut la viande et le poisson et qui utilise essentiellement les légumes et le *tôfu*.

demain je crains qu'on ne puisse pas escalader.

– Tu penses donc toujours à te goinfrer !

– Me goinfrer ! A ce régime-là, on va mourir d'inanition.

– Mais non, on se régalera avec cette variété de plats... *yuba*[1], champignons, patates douces, *tôfu*, il y en a des tas...

– Il y en a des tas, en effet. Il y a même ton gagne-pain... Ça n'empêche qu'il y a un problème. Hier, j'ai été obligé de me contenter d'*udon*. Et aujourd'hui, il n'y a plus que du *yuba* et des champignons. Ah là là !

– Goûte donc cette patate. Elle vient à peine d'être prise en terre. Elle est fraîche. C'est délicieux.

– Elle doit avoir un goût austère... Dites-moi, mademoiselle, n'y a-t-il pas de poisson ?

– Malheureusement, il n'y en a point.

– Il n'y en a point, voilà qui m'ennuie. Alors, des œufs ?

– Des œufs, il y en a.

– Pourriez-vous me faire des œufs à la coque ?

– A la quoi ?

---

1. Produit dérivé du *tôfu*, obtenu à partir de la « peau » du lait de soja bouilli.

— A la coque.

— Vous voulez que je les cuise ?

— En quelque sorte oui, mais on les cuit à moitié. Vous ne connaissez pas les œufs à la coque ?

— Non.

— Vous ne connaissez pas ?

— Je ne connais point.

— Je suis ahuri.

— Vous êtes quoi ?

— Peu importe, apportez-moi donc des œufs. Et puis, attendez... Tu veux boire de la bière ?

— Pourquoi pas ? réplique Kei avec indifférence.

— « Pourquoi pas ? » Tu ne tiens donc pas tant que ça à boire ?... On s'en passe ?

— Pas besoin de s'en passer, quoi qu'il en soit, buvons-en un peu.

— Quoi qu'il en soit. Ha, ha, ha ! Je ne connais personne qui aime autant que toi « quoi qu'il en soit ». Demain, tu diras, « quoi qu'il en soit, mangeons de l'*udon* »... Mademoiselle, vous nous apporterez aussi de la bière. Des œufs et de la bière. Vous avez compris ?

— De la bière, il n'y en a point.

— Vous n'avez pas de bière ?... Tu entends,

ils n'ont pas de bière ! On a l'impression de n'être plus en territoire japonais. C'est vraiment un endroit désolant.

– S'ils n'en ont pas, on n'a pas besoin de boire, répond Kei avec la même indifférence.

– Monsieur, il n'y a point de bière, mais nous avons de l'*Ebisu*[1].

– Ha, ha, ha, ha ! Voilà qui est de plus en plus curieux. Ecoute-moi ça, elle dit qu'ils ont de l'*Ebisu* qui n'est pas de la bière, est-ce que tu veux goûter cette *Ebisu* ?

– Hmm, pourquoi pas ?... Mademoiselle, votre *Ebisu*, elle se présente bien en bouteille, n'est-ce pas ? demande Kei, qui s'adresse alors enfin à la servante.

– Oui-da, répond-elle, à la manière des gens de Higo.

– Alors, quoi qu'il en soit, vous enlèverez le bouchon et vous apporterez la bouteille, telle quelle, ici.

– Oui-da.

La servante s'en va, d'un air entendu. Sur son kimono trop court aux manches rondes et au tissu décoré de griffes croisées, elle

---

1. Marque de bière japonaise, célèbre à cette époque.

porte, serrée au-dessus de ses fesses, une ceinture étroite de mousseline à double nœud. Seuls ses cheveux sont coiffés curieusement à l'occidentale, ce qui désempare Roku et Kei.

– Elle est bien originale, cette servante, dit Roku.

Ce à quoi, Kei réplique avec placidité :

– Peut-être bien.

Il parle sans broncher, avant d'ajouter sur un ton inattendu :

– C'est une fille simple et bien.

– Elle a un goût plutôt austère.

– Hmm. Effectivement, quand on gratifie d'une éducation civilisée un esprit paysan, cela donne une personnalité bien sous tous rapports. C'est regrettable.

– Si c'est aussi regrettable, tu n'as qu'à l'amener à Tôkyô et la former.

– Hmm, pourquoi pas ? Mais avant ça, il faut lui enlever l'écorce de la civilisation...

– Mais c'est une écorce très épaisse, ce ne sera pas une mince affaire, dit Roku, comme s'il parlait d'une pastèque.

– Mince affaire ou pas, il faut l'enlever. Sous leur joli masque, les hommes sont prêts à toutes les bassesses. S'ils sont sans le sou, ils s'en tiennent à eux-mêmes. Mais s'ils ont une position sociale, c'est là que les problèmes commencent. C'est alors qu'ils font proliférer la mesquinerie dans la société entière. Quelle calamité ! Et puis, c'est chez ceux qui appartiennent au gratin et chez les riches que la bassesse est la plus fréquente.

– Mais c'est justement eux qui ont l'écorce la plus épaisse.

– Pour ce qui est de l'extérieur, ils ont fière allure. Mais pour ce qui est de l'intérieur, si on les compare à cette servante, ils sont très retors. Ça me dégoûte.

– En effet. Si j'embrassais moi aussi le parti des Austères...

– Ça va de soi. Pour commencer, on se lève à six heures demain...

– A midi, on mangera de l'*udon* ?

– On verra le cratère du mont Aso...

– Tout en faisant attention à ne pas se laisser emporter et à ne pas se retrouver au fond du cratère...

– Face aux phénomènes vitaux de la nature la plus sublime, il faudra faire accéder notre esprit au grandiose et transcender les soucis de ce bas monde.

– Mais si tu transcendes trop, tu ne supporteras plus le monde après coup et finalement ce n'en sera que plus pénible. Là-dessus, mettons qu'on ne transcendera que juste ce qu'il faudra. Je ne crois pas que mes jambes me permettent de transcender des masses.

– Petite nature !

La servante revient avec, sur un plateau, une bière, deux verres et quatre œufs.

– Et voilà l'*Ebisu*, dit Roku. Ce qui est drôle, c'est que cette *Ebisu* n'est pas de la bière. Allons, tu prends un verre ? propose-t-il à Kei en lui tendant un verre.

– Oui. Je prendrais bien deux œufs également, répond Kei.

– Je te signale que c'est moi qui ai commandé les œufs.

– Tu ne vas tout de même pas en avaler quatre !

– L'*udon* de demain me donne quelques craintes et j'ai l'intention d'en emporter deux.

– Bon, si c'est comme ça, je m'en passerai, dit Kei, renonçant sur-le-champ.

– Je ne veux pas te priver, prends-les donc. Mais pour un membre du parti des Austères, manger des œufs, c'est normalement un luxe. Tu me fais de la peine... Mange donc... Mademoiselle, cette *Ebisu*, d'où vient-elle ?

— Peut-être bien de Kumamoto.

— Ah ! bon. L'*Ebisu* brassée à Kumamoto, ce n'est pas mauvais. Qu'en dis-tu toi, de l'*Ebisu* brassée à Kumamoto ?

— C'est-à-dire, j'ai l'impression que c'est la même qu'à Tôkyô... Dites-moi, mademoiselle, l'*Ebisu* est bonne, mais cet œuf est cru, dit Kei, en fronçant les sourcils, après avoir cassé un œuf.

— Oui-da.

— Je vous dis qu'il est cru.

— Oui-da.

— Apparemment, elle ne saisit pas. Dis donc, fait Kei, en se détournant de la servante et en s'adressant à Roku, tu as commandé des œufs à la coque, non ? Les tiens sont crus, eux aussi ?

— « Qui veut du demi-cuit n'obtient que du non cuit. » Je vais en casser un... Tiens, celui-là n'est pas bon...

— C'est un œuf dur ? demande Kei, en tendant le cou, pour regarder la table de Roku.

— Complètement cuit. Voyons cet autre...

Oui, celui-là aussi, il est complètement cuit... Mademoiselle, dit Roku, en se tournant vers la servante, ce sont des œufs durs.

— Oui-da.

— C'est bien ça ?

— Oui-da.

— J'ai l'impression d'être dans un pays étranger... Vous voyez bien que l'autre monsieur a des œufs crus et moi des œufs durs.

— Oui-da.

— Pourquoi vous avez fait ça ?

— J'ai cuit la moitié.

— Ah, j'y suis ! Elle est bien bonne, celle-là. Ha, ha, ha, ha ! Tu as compris le sens d'« œuf à la coque » ? fait Roku, en claquant dans ses mains.

— Ha, ha, ha, ha ! Il fallait y penser !

— On dirait une blague !

— J'ai fait une erreur ? vous voulez que je cuise les autres ?

— Ça ira... Dites-moi, combien de lieues y a-t-il jusqu'à Aso ? demande Kei, abandonnant le sujet des œufs.

— Mais nous sommes à Aso.

— Si on est à Aso ici, intervient aussitôt Roku, on n'a pas besoin de se lever demain à six heures du matin. On restera ici deux ou trois jours et on retournera à Kumamoto.

— Je vous en prie, vous pouvez rester autant que vous voudrez.

— Puisque mademoiselle nous le propose, au fond, qu'en dis-tu, si on le faisait ? dit Roku, en se tournant vers Kei.

Mais ce dernier n'y prête pas attention.

— Vous dites que nous sommes à Aso. Mais vous voulez dire le canton d'Aso, insiste-t-il.

— Oui-da.

— Alors, jusqu'au sanctuaire d'Aso, combien cela fait-il ?

— Jusqu'au sanctuaire, trois lieues.

— Jusqu'au sommet de la montagne ?

— Deux lieues à partir du sanctuaire.

— Jusqu'au sommet, ça doit être terrible, intervient soudain Roku.

— Oui-da.

— Vous l'avez déjà escaladé ?

— Non.

— Alors vous ne connaissez pas ?

— Non, je ne connais point.

— Si vous ne connaissez pas, tant pis. J'aurais bien aimé que vous nous en parliez.

— Vous allez escalader la montagne ?

– Oui, j'ai une envie folle de l'escalader, dit Kei.

– Moi j'ai une envie folle de ne pas l'escalader, réplique Roku, prenant son contre-pied.

– Oh, oh, oh ! Alors, vous n'avez qu'à rester ici, tout seul.

– Oui, ça me semble plus facile d'écouter, prélassé ici, le grondement lointain. A propos de grondement, tu ne trouves pas qu'il s'est fait plus violent depuis tout à l'heure ?

– Oui, il est devenu plus fort. C'est sans doute à cause de la nuit.

– La montagne, dit-elle, est un peu en colère.

– Quand elle est en colère, elle gronde violemment ?

– Oui-da. Puis il se met à tomber des quantités de *yona*.

– Qu'est-ce que c'est, du *yona* ?

– C'est de la cendre.

La servante ouvre la porte coulissante et frotte son index sur le sol de la véranda.

– Regardez, fait-elle en montrant son doigt noirci.

– En effet, ça ne cesse de tomber, dit Kei, d'un air admiratif. Mais ce n'était pas comme ça hier.

– Oui-da, la montagne est un peu en colère.

– Mais toi, tu as l'intention de l'escalader, même si elle est en colère ? Dans ce cas, ne vaut-il pas mieux différer un peu ?

– Si elle est en colère, c'est encore plus intéressant. On a rarement l'occasion de voir la montagne en colère. Il paraît que le feu qui jaillit est très différent selon qu'elle est en colère ou non. N'est-ce pas, mademoiselle ?

– Oui-da. Elle est très rouge ce soir. Venez donc la voir dehors.

Curieux, Kei se précipite aussitôt sur la véranda.

– Ouh là ! Ça, c'est assez formidable ! Viens vite voir ! C'est terrible !

– C'est terrible ? Si tu dis que c'est terrible, il faut que je sorte. Voyons... Ouh là ! Ça... en effet, c'est impressionnant... Dans ces conditions, il n'en est pas question.

– Pas question de quoi ?

– Comment ça de quoi ?... Si on escalade ça, on va être brûlé vif en chemin !

– Tu dis des bêtises. C'est parce que c'est la nuit, qu'on voit les choses comme ça. En réalité, le jour aussi, elle en fait autant. N'est-ce pas, mademoiselle ?

— Oui-da.

— « Oui-da » peut-être, mais en tout cas, c'est dangereux. Rien que d'ici, j'ai déjà le visage en feu, dit Roku en se frottant les joues.

— Tu exagères toujours.

— Tu as le visage tout rouge, toi aussi. Regarde, derrière la haie, ces étendues de rizières. Les feuilles vertes sont toutes éclairées ensemble.

— Tu dis n'importe quoi. C'est la lumière des étoiles.

— Entre la lumière des étoiles et la lumière du feu, il y a une certaine différence.

— Mais enfin, tu es vraiment ignare. Ce feu est à cinq ou six lieues de nous.

— Peu importe la distance, le ciel, là-bas, est entièrement rouge, dit Roku, en traçant du bout du doigt un grand cercle dans la direction qu'il indique.

— Parce que c'est la nuit.

— Nuit ou pas...

— Tu es vraiment ignare. Ça n'a rien de grave d'ignorer qui est Araki Mataemon, mais ne pas savoir quelque chose d'aussi élémentaire, c'est une honte ! dit Kei, en le regardant de côté.

— Est-ce que c'est une atteinte à ma personnalité ? Je n'ai rien contre, si c'est simplement une atteinte à ma personnalité. Mais si c'est une atteinte à ma vie, je baisse les bras.

— Tu recommences !... On n'a qu'à interroger mademoiselle. Dites, mademoiselle, quand elle crache le feu comme ça, on peut encore escalader la montagne, non ?

— Oui-daaa !

— Vraiment, on peut ? demande Roku, en dévisageant la servante.

— Oui-daaa ! Même une femme le peut bien.

— Si une femme le peut, il faut bien qu'un homme en soit capable. Quelle misère !

— Quoi qu'il en soit, demain on se lève à six heures...

— J'ai compris.

Sur ces mots, Roku rentre dans la pièce et s'avachit sur le sol. Après le départ de Roku, Kei, les sourcils levés, contemple pensivement la colonne de feu qui se dresse verticalement de l'Enfer vers la voûte céleste.

4.

– Hé, dit Kei en se retournant, là on va bifurquer et enfin on va commencer l'escalade, n'est-ce pas ?

– C'est ici qu'on tourne ?

– Il m'a expliqué qu'au bout du chemin on voyait les marches en pierre du temple et qu'on devait tourner à gauche sans franchir la porte.

– Le vieux du restaurant d'*udon* ? demande Roku, en se caressant sans cesse la poitrine.

– C'est ça.

– Tu crois qu'on peut se fier à ce vieux ?

– Pourquoi ?

– Parce qu'il y a tant de métiers en ce monde et ouvrir un restaurant d'*udon*, d'abord, c'est louche.

– C'est un métier comme un autre. Ça force plus le respect que les gens qui, pour tuer le temps, accumulent de l'argent et oppressent les pauvres.

– C'est peut-être respectable, mais ce n'est pas mon genre... Mais maintenant que j'ai été forcé de manger de l'*udon*, ça ne sert à rien de se plaindre de lui. Enfin, laissons tomber, on tourne quand même.

– Je vois bien les marches, mais est-ce que c'est ça, le temple ? Il n'y a aucun pavillon.

– Il a dû être brûlé par le feu du mont Aso. Je te l'avais bien dit... Regarde, le temps devient un peu menaçant.

– Allons, ne crains rien. Nous avons la bénédiction du ciel.

– Pour quoi ?

– Pour tout. Là où il y a de la volonté, la bénédiction du ciel coule à flot.

– Tu ne manques pas de toupet, toi. Tantôt tu te réclames du parti des Austères, tantôt tu fais partie de la secte de la Bénédiction du Ciel. La prochaine fois, tu rejoindras le clan du Châtiment du Ciel [1] et tu seras un forcené du mont Tsukuba.

– Mais moi, j'en fais partie depuis l'époque du magasin de *tôfu*... Ils maltraitent les pauvres... Un marchand de *tôfu* est aussi un être humain... Ce qui me stupéfie, c'est qu'ils n'ont aucun intérêt à les maltraiter : c'est simplement leur passe-temps.

– Quand est-ce que ça t'est arrivé ?

– Peu importe quand. Les tyrans, depuis l'Antiquité, passent pour méchants, mais le XXe siècle est plein de ces tyrans-là. En plus, ce qui est détestable, c'est qu'ils ont une écorce épaisse de civilisation.

– Mieux vaudrait peut-être qu'il n'y ait que l'écorce sans rien à l'intérieur. Au fond, quand on a trop d'argent et qu'on s'ennuie, on a envie de jouer à ça. Dès qu'on donne de l'argent à un idiot, en général il veut devenir un tyran. Un prince vertueux tel que moi est pauvre et de viles créatures de leur espèce n'emploient l'argent que pour faire souffrir autrui : que la vie est difficile ! Tant qu'on y

---

1. Groupe d'extrémistes, opposants au régime du shôgun en 1863.

est, qu'en dis-tu, si on mettait dans un même sac toutes ces sales bêtes et si on le culbutait dans le cratère du mont Aso, au fond de l'Enfer ?

– Je le jetterai, c'est décidé, dit Kei en apercevant en l'air les volutes noires de fumée et en prenant appui sur ses deux pieds chaussés de sandales de paille.

– Quelle véhémence ! Tu es sûr que tout va bien ? Fais attention de ne pas tomber avant d'avoir lancé le sac de sales bêtes.

– Le grondement est impressionnant.

– J'ai la sensation que le sol tremble déjà sous mes pieds... Attends, colle donc ton oreille par terre et écoute.

– Comment c'est ?

– Ça fait un bruit terrible ! Ça rugit vraiment sous nos pieds.

– Pourtant, il n'y a pas de fumée.

– C'est à cause du vent. Comme c'est le vent du nord, ça souffle vers la droite.

– Il y a trop d'arbres pour qu'on arrive à s'orienter. En montant un peu plus, on s'y reconnaîtra mieux.

Pendant un moment, ils marchent dans un taillis. Le sentier n'a pas un mètre de large.

Malgré leur intimité, ils ne peuvent pas marcher côte à côte. Kei avance à grandes enjambées. Roku, en recroquevillant son corps malingre, le suit à petits pas. Tout en le suivant, il admire les grandes traces de ses pas. A force de les admirer, il prend de plus en plus de retard.

Comme le chemin zigzague en montant à pic, en moins d'une demi-heure, Roku a perdu Kei de vue. Il a beau regarder entre les arbres, il ne voit rien. Personne qui ne descend la montagne. Il ne rencontre pas davantage de grimpeur. Il y a des traces de sabots de chevaux çà et là. Par endroits, des brins de paille de sandales sont accrochés aux ronces. A part ce détail, aucune présence humaine. Son ventre plein d'*udon* commence à se nouer.

A la place du ciel limpide d'hier, la brume, depuis ce matin où ils ont quitté l'auberge, avait fait naître quelque crainte, mais ils étaient arrivés tant bien que mal au sanctuaire d'Aso avec insouciance, dans le vague espoir que le temps s'améliorerait. Lorsque le claquement des mains du prêtre priant dans le sanctuaire de bois blanc résonnait dans les cimes des pins qui se dressaient dans un silence solennel, ils avaient reçu sur le front quelque chose qui tombait du ciel. Tandis qu'ils voyaient la vapeur blanche de l'*udon* qui bouillait filtrer vers la droite à travers la déchirure du papier des portes coulissantes, ils s'étaient dit que c'était peut-être la pluie qui s'annonçait pour l'après-midi.

Après avoir parcouru une demi-lieue dans le taillis, Roku voit le ciel menaçant prêt à se déverser, et le bruissement de la pluie qui baigne les cimes reflue vivement vers le nord. Après quoi, son oreille est atteinte par un nouveau bruit de feuilles frémissantes qui s'éloigne vers le nord. Il rentre la tête dans les épaules et fait claquer sa langue.

Au bout d'une heure, le bosquet arrive à sa fin. Ou plutôt, il serait plus exact de dire qu'il disparaît d'un coup. Roku se retourne et, à part cet unique chemin qu'il a suivi sans regarder ailleurs, il voit à l'ouest comme à l'est, l'espace envahi d'herbes qui forment des vagues qui se succèdent à l'infini, et au-delà une fumée noire qui monte par grosses bouffées. Le cratère est invisible, mais l'endroit d'où sort la fumée est sous son nez.

Sorti du bosquet, à moins d'une cinquantaine

de mètres dans le champ vert, Kei, dont on distingue la grosse tête rasée, regarde, debout, le ciel. Son parapluie replié, son crâne au cheveu ras pointant au-dessus des herbes, sans chapeau, il semble observer la structure géologique du paysage.

– Hé ! Attends-moi un peu.

– Hé ! Ça menace. Ça menace, hein ! Courage !

– Je ne perds pas courage, mais attends-moi ! dit Roku, en se frayant un chemin dans les herbes, désespérément.

Au moment où Roku le rejoint enfin, Kei lui lance :

– Pourquoi tu traînasses comme ça ?

– C'est pour ça que je ne voulais pas d'*udon*. Aïe, j'ai mal... Que t'arrive-t-il au visage ? Il est tout noir.

– Ah bon, mais toi aussi tu es noir.

D'un geste brusque, Kei se frotte le visage avec le revers de la manche de son kimono blanc. Roku sort d'une poche un mouchoir avec lequel il s'essuie.

– En effet, quand je m'essuie, le tissu noircit.

– Moi aussi, regarde dans quel état est mon mouchoir.

— C'est épouvantable !

Exposant sous la pluie sa tête de moine, Kei contemple le ciel.

— C'est du *yona.* Le *yona* s'est fondu dans la pluie qui tombe. Regarde au-dessus de ces *susuki*[1], dit Roku en les montrant du doigt.

Les feuilles longues de *susuki* recouvertes de cendre et dégoulinantes de pluie s'inclinent.

— En effet.

— C'est embêtant, ça.

— Ne crains rien. On y est presque. Il suffit de se diriger vers l'endroit d'où sort la fumée.

— Ça suffit peut-être, mais en tout cas on ne connaît pas le chemin.

— C'est pour ça que je t'attendais depuis un moment. On est juste à la fourche où il faut savoir si on doit tourner à droite ou à gauche.

— En effet, tous les deux sont des chemins... Mais vu d'où vient la fumée, il vaut mieux, je crois, prendre à gauche.

— C'est ce que tu penses ? Moi, j'ai l'intention de tourner à droite.

— Pourquoi ?

— Parce qu'à droite il y a des traces de

1. Espèce asiatique de graminacées.

sabots de cheval, alors qu'à gauche il n'y en a pas du tout.

– Ah bon ?

Roku se penche et se faufile entre les herbes, mais au bout de cinq ou six pas vers la gauche, il revient aussitôt.

– Ça ne m'a pas l'air bon, admet-il. On ne voit pas une seule trace de sabot.

– N'est-ce pas ?

– Alors que là-bas il y en a ?

– Oui. Il y en a juste deux.

– Rien que deux ?

– Oui. Juste deux. Regarde, ici et là.

Kei indique avec la pointe de son parapluie de satin les traces de sabot à peine visibles sous les *susuki* qui envahissent le chemin.

– Rien que ça ? C'est inquiétant.

– Mais non, on ne craint rien.

– N'est-ce pas la bénédiction du ciel ? Mais ta bénédiction du ciel est terriblement douteuse !

– Mais non, c'est la bénédiction du ciel...

Mais sans laisser à Kei le temps de finir sa phrase, une bourrasque de vent qui fait tourbillonner soudain la pluie emporte le chapeau de paille de Roku à une dizaine de mètres de là. Sous le vent, les herbes vertes foisonnantes s'inclinent de l'autre côté toutes ensemble et, à peine s'est-on aperçu du changement, elles reprennent leur première position.

– C'est excitant ! On voit les traces des pas du vent sur les herbes. Regarde donc !

Kei montre les vagues qui moutonnent sur la mer d'herbes vertes.

– Tu parles comme c'est excitant ! Mon chapeau s'est envolé.

– Ton chapeau s'est envolé ? Ce n'est pas grave, ton chapeau s'est envolé. Va le rattraper. Tu veux que j'aille le chercher ?

Là-dessus, Kei jette son parapluie sur son propre chapeau et plonge dans les *susuki.*

– C'est par là ?

– Un peu plus à gauche.

Kei s'enfonce progressivement dans la verdure. A la fin, il n'y a plus que la tête qui dépasse. Roku, qui est resté seul, recommence à s'inquiéter.

– Hé, ça va ?

– Qu'est-ce qu'il y a ? fait la voix qui vient de cette tête coupée là-bas.

– Tout va bien ?

Même la tête de Kei disparaît à présent.

– Hé !

Sous son nez, la fumée noire, telle une colonne grise dont chaque partie est prise de spasmes, monte par bouffées jusqu'au ciel d'où, fondue dans l'atmosphère, elle retombe avec la pluie impitoyablement sur le crâne de Roku. Avec abattement, il fixe la direction dans laquelle la tête a disparu.

Au bout d'un moment, à cinquante mètres de là, dans une direction tout à fait inattendue, la tête de Kei fait une réapparition soudaine.

– Pas de chapeau.

– Je n'en ai pas besoin. Reviens tout de suite !

Kei dresse sa tête de moine et revient en nageant au milieu des *susuki*.

– Dis-moi, où l'as-tu laissé s'envoler ?

– Le vent l'a emporté avant qu'on se mette d'accord sur la direction. Tant pis pour le chapeau, mais je n'ai plus envie d'avancer.

– Tu en as déjà assez ? Mais tu n'as encore rien fait !

– Avec cette fumée et cette pluie, je suis vraiment terrifié et je n'ai plus la force de marcher.

– Tu fais déjà des caprices ! Arrête !... Tu ne trouves pas ça palpitant ? Cette fumée qui sort par bouffées...

– Elle m'effraie, moi, cette fumée qui sort par bouffées.

– Cesse de plaisanter. On va jusqu'à cette fumée. Puis on observera à l'intérieur.

– A bien y réfléchir, c'est complètement stupide. Si après avoir observé, on saute dedans, c'est parfait vraiment !

– Quoi qu'il en soit, on continue.

– Ha, ha, ha, ha ! Quoi qu'il en soit ! Dès que tu dis « quoi qu'il en soit », tu finis par m'avoir. Tout à l'heure aussi, à cause de ton « quoi qu'il en soit », j'ai fini par manger de l'*udon*. Maintenant si j'attrape une dysenterie, ce sera à cause de ton « quoi qu'il en soit ».

– Peu importe, j'assumerai mes responsabilités.

– A quoi ça sert que tu assumes la responsabilité de ma maladie ? Tu ne vas tout de même pas être malade à ma place !

– Ne t'en fais pas. Je vais te soigner, je vais être contaminé et je ferai en sorte que tu sois sauvé.

— Ah bon ? Alors je suis rassuré. Eh bien, je vais marcher un peu.

— Regarde, le temps s'est amélioré. Finalement, c'est bien la bénédiction du ciel.

— Quel bonheur, en effet ! Je serais prêt à marcher, mais à condition que tu m'offres un bon repas ce soir.

— Tu parles encore de te goinfrer ! Si tu marches, c'est promis.

— Et puis...

— Tu as encore un souhait ?

— Oui.

— Lequel ?

— J'aimerais que tu me racontes ta vie.

— Ma vie, mais tu la connais.

— Avant celle que je connais. Du temps où tu étais apprenti-marchand de *tôfu*.

— Je n'ai jamais été apprenti. J'étais le fils du marchand de *tôfu*.

— Dis-moi ce qui t'a poussé à détester les riches à partir du moment où tu as entendu le son de la cloche du temple de Kankei quand tu étais fils de marchand de *tôfu*.

— Ha, ha, ha, ha ! Si tu y tiens autant que ça, je vais te le raconter. Mais en échange, il faut que tu rejoignes les rangs du parti des

Austères. Ton problème, c'est que tu n'as jamais eu affaire à des riches pourris : c'est pour ça que tu es aussi insouciant. Est-ce que tu as lu par hasard *Un conte des deux villes* de Dickens ?

– Non. *Le Duel d'Iga* oui, mais pas Dickens.

– C'est pour ça que tu as peu de compassion pour les pauvres... Vers la fin de ce livre, il y a le journal qu'un médecin tient en prison. C'est accablant.

– Ah bon, et comment c'est ?

– Le journal raconte comment, avant la Révolution française, les nobles abusaient de leur pouvoir et faisaient souffrir le petit peuple... Ça aussi, je te le raconterai ce soir au lit.

– Oui.

– Tu sais, après tout, la Révolution française est un phénomène inéluctable. Quand les riches et les nobles abusent à ce point, c'est dans la logique naturelle des choses. Eh bien, c'est exactement la même chose, avec cette force jaillissante qui gronde sourdement, dit Kei en s'arrêtant et en regardant du côté de la fumée noire.

Transperçant la pluie d'automne qui paraît enclore le ciel de brume, la forme épaisse et tourbillonnante jaillit d'un gouffre de cent lieues de profondeur ; les volutes, par centaines de tonnes, s'élèvent. Le vacarme produit par cette forme épaisse donnerait à penser que la moindre des particules de ces centaines de tonnes de fumée tremble et explose, et du fond lointain de l'abîme bondit et vibre au-dessus des têtes.

Kei, médusé, observe, dans la pluie et le vent, les sourcils froncés comme des chenilles, et dit sur un ton extrêmement pondéré :

– C'est grandiose, n'est-ce pas ?

– Tout à fait grandiose, répète Roku, avec le plus grand sérieux.

Et, au bout d'un moment, il ajoute :

– C'en est presque effrayant.

– Mon esprit, c'est ça, dit Kei.

– La révolution ?

– Oui, la révolution de la civilisation.

– Qu'est-ce que c'est, la révolution de la civilisation ?

– Le sang ne coule pas.

– Si tu n'utilises pas l'épée, qu'utilises-tu ?

Sans rien dire, Kei se donne deux petits coups sur sa tête de moine.

– Ta tête ?

– Oui. Puisque les autres ont une tête pour se battre, moi aussi.

– Qui sont les autres ?

– Ceux qui font souffrir au moyen de leur argent et de leur pouvoir leurs semblables les plus démunis.

– Ah ! oui.

– Ceux qui font publiquement commerce des vices de la société.

– Ah ! oui.

– Pour défendre leur commerce, ils peuvent toujours prétendre que c'est pour manger et s'habiller.

– Oui.

– Ceux qui font publiquement des vices de la société leur divertissement, il faut absolument les châtier.

– Oui.

– Toi aussi.

– Oui, moi aussi.

Kei tourne les talons pesamment. Roku le suit en silence. Ce qu'il y a dans le ciel, c'est de la fumée, de la pluie, du vent, des nuages. Ce qu'il y a sur la terre, ce sont des *susuki* bleus, des *patrinia* et des campanules qui fleurissent çà et là et s'entrelacent tristement. Ils vont tous deux dans le royaume désert de la désolation.

Les *susuki* montent si haut qu'ils enveloppent leurs hanches et envahissent le sentier où l'espace manque déjà. Même en tentant de les esquiver, ils ne pourraient avancer sans les frôler. Quand ils les effleurent, la cendre mouillée de pluie les salit. Kei et Roku, dans leur kimono d'été blanc, dans leurs caleçons blancs, leurs chaussettes et leurs bandes molletières bleues, avancent en faisant crisser les *susuki* trempés. Sous leurs hanches, ils ont la couleur du rat d'égout. Au-dessus des hanches aussi, car, comme ils ont partout reçu du *yona* fondu dans les gouttes de pluie, ils ont l'air d'être tombés dans un égout.

De toute façon, même sans les herbes, le chemin serpente déjà tant qu'il serait difficile de s'y reconnaître. A plus forte raison donc sous cette végétation foisonnante. Comme ils avaient déjà eu du mal à identifier les traces de sabot, il faut dire qu'ils continuent à avancer en s'en remettant pour la suite au bon vouloir céleste.

Au début, ils avaient la fumée en face, mais, qui sait quand le chemin a changé d'orientation, car peu à peu ils ont reçu le *yona* de côté. Lorsque le cratère qu'ils voyaient de côté leur apparaît en arrière, Kei arrête net sa marche.

– J'ai l'impression qu'on s'est trompé de chemin.

– Oui, fait Roku avec une expression de reproche, en s'immobilisant à son tour.

– Qu'est-ce qui se passe, tu as l'air dans un piteux état. Tu souffres ?

– A vrai dire, je suis dans un piteux état.

– Tu as mal quelque part ?

– J'ai des ampoules partout et je n'en peux plus.

– C'est ennuyeux. Tu as très mal ? Si tu t'appuyais sur mon épaule, ça t'aiderait à marcher.

– Oui, répond mécaniquement Roku sans bouger.

– Quand on arrivera à l'auberge, je te raconterai une histoire drôle.

– Mais enfin, quand est-ce qu'on finira par y arriver, à cette auberge ?

– Il est prévu qu'on arrive à cinq heures à la station thermale... Mais c'est un peu bizarre tout de même, cette fumée. Qu'on aille à droite ou à gauche, on a toujours la fumée sous le nez et elle ne s'éloigne pas plus qu'elle ne s'approche.

– Dès qu'on a commencé à monter, on l'avait sous le nez.

– C'est vrai. Si on continuait encore un peu sur ce chemin ?

– Oui.

– Tu veux qu'on se repose un peu ?

– Oui.

– Tu as soudain perdu tout allant.

– C'est à cause de l'*udon*.

– Ha, ha, ha, ha ! A la place, quand on arrivera à l'auberge, je te gratifierai de mes histoires.

– Je n'ai plus envie d'entendre tes histoires.

– Eh bien, on boira encore de cette *Ebisu* qui n'est pas de la bière.

– Hmm. Telles que les choses se présentent, je doute qu'on puisse arriver à l'auberge.

– Mais non, ça ira.

– C'est qu'il commence à faire sombre.

– Voyons, dit Kei en regardant sa montre de gousset. Il est quatre heures moins cinq. C'est à cause du temps qu'il fait sombre. C'est un peu ennuyeux si l'orientation change à ce point. On a bien fait deux ou trois lieues depuis qu'on a commencé à monter.

– Si j'en juge à mes ampoules, on a bien fait dix lieues !

– Ha, ha, ha, ha ! Tout à l'heure, la fumée était devant, et maintenant elle est complètement derrière. On a dû se rapprocher de deux ou trois lieues de Kumamoto.

– Autrement dit, on s'est éloigné de la montagne d'autant de lieues.

– C'est possible... Regarde, à côté de cette fumée, il y en a une nouvelle. Ça doit être ça le nouveau cratère. Quand on voit cette fumée monter par bouffées, on a l'impression que c'est tout près. Pourquoi on ne peut pas y aller ? C'est sûrement juste derrière cette colline, mais comme il n'y a pas de chemin, c'est embêtant.

– S'il y avait un chemin, ce ne serait pas faisable.

– En tout cas, nuage ou fumée, il y a cette chose affreusement épaisse qui nous vient au-dessus de la tête. C'est impressionnant. Tu ne trouves pas ?

– En effet.

– Qu'en penses-tu ? Il est exceptionnel de

voir un pareil paysage. Oui, cette chose toute noire nous tombe dessus. Dis donc, ta tête en prend un coup. Je vais te prêter mon chapeau... Mets-le comme ça. Et tu as une serviette, non ?... Pour qu'il ne s'envole pas, tu n'as qu'à la nouer par-dessus... Laisse-moi le faire... Tu devrais replier ton parapluie. De toute façon, le vent ne fait que s'y engouffrer. Tu t'en serviras comme d'une canne. Avec une canne, tu marcheras un peu plus commodément.

– Ça va un peu mieux... La pluie et le vent sont de plus en plus violents...

– C'est vrai, tout à l'heure, tout ça semblait s'éclaircir légèrement. La pluie et le vent, c'est une chose, mais tes pieds te font toujours mal ?

– Oui. Quand on a commencé à monter, j'avais seulement trois ampoules, mais là, j'en ai partout.

– Ce soir, je pétrirai dans des grains de riz de la cendre de cigarette et je t'en ferai un cataplasme.

– Une fois qu'on sera à l'auberge, tout est possible...

– Le problème, c'est quand tu marches.

– Oui.

– C'est ennuyeux, hein... Si je monte un peu en hauteur, je verrai s'il y a un chemin fréquenté par des gens... Voilà, tu vois là-bas cette grande colline herbeuse ?

– A droite ?

– Oui. Si on monte là-haut, on aura sûrement un panorama sur le cratère. Si on fait ça, on retrouvera notre chemin.

– Tu dis ça, mais avant qu'on n'arrive là-haut, la nuit sera tombée.

– Attends, je vais regarder l'heure. Il est quatre heures huit. On a encore du temps avant la nuit. Tu vas m'attendre ici. Je vais jeter un coup d'œil.

– J'attends, mais si jamais tu ne sais pas comment revenir, ce sera un vrai désastre. On n'arrivera plus à se retrouver.

– Ne crains rien. Quoi qu'il arrive, nous ne risquons pas notre vie. Si quelque chose se passe, je crierai pour t'appeler.

– Oui. Appelle-moi.

Kei s'avance vaillamment là où rampent les nuages et la fumée. Roku, le cœur serré, reste seul, debout au milieu des *susuki*, voyant s'éloigner de dos la silhouette du seul ami sur qui il puisse compter. En peu de temps, l'ombre de Kei disparaît sous les herbes.

L'énorme montagne, toutes les cinq minutes, gronde plus fort et, à chaque fois, on a l'impression que la pluie et la fumée tremblent ensemble et que les dernières ondes de vibration secouent, sur le flanc, le corps de Roku qui reste immobile et privé de forces. A perte de vue, les herbes s'inclinent sous la fumée, fouettées par les rafales de pluie. Entre les herbes et la pluie, de gros nuages roulent avec désinvolture. Roku tremble en regardant la colline herbeuse. Les gouttes imprégnées de *yona* pénètrent jusqu'au bas-ventre de Roku.

La fumée noire venimeuse roule en plusieurs volutes ses longs tourbillons et dès qu'elle pointe vers le ciel, sous les pieds de Roku la terre paraît trembler comme lors d'un séisme. Après quoi, le grondement de la montagne se calme relativement. Alors, sous terre, il entend un appel :

– Ohé !

Roku met ses deux mains derrière ses oreilles pour mieux entendre.

– Ohé !

On l'appelle vraiment. Ce qui est extraordinaire, c'est que cette voix semble jaillir sous ses pieds.

– Ohé !

Roku, instinctivement, se précipite dans la direction d'où vient la voix.

– Ohé ! crie-t-il, à son tour, forçant à pleins poumons sur sa voix haut perchée.

Une voix épaisse venant de sous les herbes lui répond :

– Ohé !

C'est sûrement Kei.

Roku se fraie désespérément un chemin dans les *susuki* qui lui montent jusqu'à la poitrine et fonce vers l'endroit d'où vient la voix.

– Ohé !

– Ohé ! Où es-tu ?

– Ohé ! Je suis là !

– Où es-tu ?

– Je suis là ! Sois prudent, c'est dangereux ! Tu risques de tomber !

– Où est-ce que tu es tombé ?

– Je suis tombé ici ! Fais attention !

– Je fais attention, où est-ce que tu es tombé ?

– Si tu tombes, tu vas te faire mal aux ampoules des pieds !

— Ça va ! Où est-ce que tu es tombé ?

— Ici ! N'avance pas davantage ! C'est moi qui vais te rejoindre, tu n'as qu'à m'attendre où tu es !

La grosse voix de Kei traverse le sol et se rapproche peu à peu.

— Tu sais, je suis tombé.

— Où est-ce que tu es tombé ?

— Tu ne vois pas ?

— Non.

— Alors tu n'as qu'à avancer un petit peu.

— Holà, qu'est-ce que c'est que ça ?

— Trouver une chose pareille au milieu des herbes, c'est vraiment dangereux.

— Mais comment se fait-il qu'il y ait un fossé ici ?

— C'est la trace d'une coulée de lave. Regarde, c'est brun à l'intérieur, et pas une herbe n'a poussé.

— C'est que c'est vraiment malcommode. Tu peux monter ?

— Comment veux-tu que je monte ? Ça a bien trois mètres de haut.

— Quelle barbe ! Que faut-il faire ?

— Tu vois ma tête ?

— Je vois à peine une parcelle de ta tête de hérisson.

— Ecoute bien...

— Oui.

— Tu vas te mettre à plat ventre sur les *susuki* et tu avanceras seulement ta tête au-dessus du fossé.

— D'accord. Je vais le faire, attends-moi.

— Oui, je t'attends : je suis ici, hein, dit Kei en frappant le flanc du précipice avec son parapluie.

Roku, en évaluant la situation, pose mollement son ventre sur les *susuki* mouillés et avance craintivement la tête au-dessus du fossé.

— Hé !

— Hé ! Comment ça va ? Tu as mal aux ampoules ?

— Je m'en fiche de mes ampoules, mais remonte vite.

— Ha, ha, ha, ha ! Ça va. Il n'y a pas de vent en bas, c'est même plus agréable ici.

— Soit. Mais la nuit va tomber bientôt. Il faut que tu remontes vite.

— Dis-moi.

— Quoi ?

— Tu as ton mouchoir ?

— Oui, mais qu'est-ce que tu veux en faire ?

— En tombant, je me suis écorché et je me suis arraché un ongle.

— Un ongle ? Ça te fait mal ?

— Un peu.

— Tu pourras marcher ?

— Bien sûr que oui. Si tu as ton mouchoir, tu pourras me le lancer ?

— Tu veux que je le déchire ?

— Je le ferai moi-même. Tu en feras une boule et tu me le lanceras. Il ne faut pas que le vent l'emporte : tu en feras une boule solide, avant de le lancer.

— Il est tellement trempé que tu n'as rien à craindre. Il ne s'envolera pas. Alors, j'y vais, hop !

— Il commence à faire sombre. Tu vois toujours la fumée ?

— Oui. Le ciel est totalement couvert de fumée.

— Ça gronde terriblement, non ?

— Oui, c'est plus fort maintenant... Tu arrives à déchirer le mouchoir ?

— Oui, c'est fait. J'ai déjà découpé un bandage.

— Ça va ? Tu ne saignes pas ?

— Le sang suinte sur la chaussette avec la pluie.

— Ça doit te faire mal.

— Oh ça va. Si j'ai mal, ça prouve que je suis vivant.

— Moi, je commence à avoir mal au ventre.

— C'est parce que tu colles ton ventre sur les herbes mouillées. Ça suffit maintenant, lève-toi.

— Si je me lève, je ne verrai plus ta tête.

— Ça, c'est ennuyeux. Après tout, si tu sautais ici ?

— Mais qu'est-ce que je ferai en sautant là ?

— Tu ne peux pas ?

— Ce n'est pas que je ne puisse pas... mais que veux-tu que je fasse en sautant ?

— On va marcher ensemble.

— Pour aller où ?

— De toute façon, ce trou a été creusé par des laves qui ont coulé du cratère jusqu'au pied de la montagne ; si on continue à marcher là-dedans, on arrivera quelque part.

— Mais enfin...

— Mais enfin tu ne veux pas. Si tu ne veux pas, tant pis.

— Ce n'est pas que je ne veuille pas...

Plutôt, ce serait bien si tu pouvais remonter. Tu ne peux pas essayer ?

— Alors, toi, tu marcheras le long de ce fossé. Moi, je marcherai dans le trou. Comme ça, on pourra se parler, l'un en haut et l'autre en bas.

— Il n'y a pas de chemin le long de la dénivellation.

— C'est envahi par des herbes ?

— Oui. En plus ces herbes...

— Oui ?

— M'arrivent jusqu'à la poitrine.

— Quoi qu'il en soit, je ne peux pas remonter.

— Tu ne peux pas remonter... alors là on n'y peut rien... Hé... Hé... Hé, je dis hé. Pourquoi tu ne réponds pas ?

— Oh !

— Ça va ?

— Quoi ?

— Tu peux parler ?

— Oui, je peux.

— Mais alors pourquoi tu ne dis rien ?

— J'étais en train de réfléchir.

— A quoi ?

— Comment sortir du trou.

– Mais enfin pourquoi tu es tombé dans un lieu pareil ?

– Je voulais tellement te rassurer le plus vite possible que je ne regardais que la colline ; du coup je n'ai pas fait attention où je marchais, et je suis tombé.

– Autrement dit, c'est comme si tu étais tombé pour moi. J'en suis désolé. J'aimerais bien que tu puisses remonter d'une manière ou d'une autre.

– Eh bien... mais moi ça m'est égal. Tu ferais mieux de vite te lever. Il ne faut pas que les herbes refroidissent ton ventre.

– Je me fiche de mon ventre.

– Tu as mal ?

– Ça, oui.

– Enfin, quoi qu'il en soit, tu devrais te lever. Je réfléchirai de mon côté sur le moyen de sortir.

– Si tu trouves quelque chose, tu m'appelles, d'accord ? Moi aussi, je vais réfléchir.

– Très bien.

Leur conversation s'interrompt un moment. Debout au milieu des herbes, Roku promène son regard inquiet dans les quatre directions : un nuage noir se heurte à la colline au loin et s'écrase brutalement à mi-hauteur, une masse opaque comme la mer déferle à un mètre et demi de sa tête. La montre indique qu'il est près de cinq heures. Il fait plus sombre qu'ailleurs à cette altitude. Le vent s'engouffre sans cesse en sifflant et à chaque bourrasque il apporte d'un pays lointain la nuit noire. Dans les nuances crépusculaires qui s'annoncent à chaque instant, la tempête fait rage en tourbillonnant. Une fumée incommensurable qui jaillit du cratère est entraînée sans discrimination dans la tourmente et, dominant la tempête, étend ses ténèbres.

– Hé ! Tu es toujours là ?

– Oui. Tu as trouvé quelque chose ?

– Non. Comment est la montagne ?

– Elle se met de plus en plus en colère.

– Au fait, on est le combien, aujourd'hui ?

– Le 2 septembre.

– C'est peut-être le deux cent dixième jour.

La conversation s'interrompt de nouveau. Le vent et la pluie du deux cent dixième jour envahissent les herbes à perte de vue : on ne distingue plus rien à cent mètres.

– La nuit va bientôt tomber. Hé ! Tu es toujours là ?

L'homme au fond du fossé, comme s'il avait été emporté par le vent, ne pipe mot. Le mont Aso gronde à se déchirer les entrailles.

Roku, blêmissant, se met de nouveau à plat ventre sur les herbes comme un bout de bois.

– Ohé ! Tu n'es pas là ?

– Ohé ! Je suis par là !

Au fond du vallonnement obscur, cinquante mètres plus haut, une vague silhouette blanche remuait. Elle semblait faire signe de venir.

– Pourquoi es-tu monté là-haut ?

– C'est par là que je vais remonter !

– Tu pourras remonter ?

– Oui ! Viens vite ici !

Oubliant aussi bien son mal au ventre que ses ampoules aux pieds, Roku bondit comme un lièvre.

– Hé ! Tu es par là ?

– Oui, c'est là. Tu peux pencher la tête ?

– Comme ça ?... En effet, ce n'est pas très profond. Alors, si je te tends le parapluie, tu pourras t'y accrocher pour remonter.

– Le parapluie ne suffira pas. Dis donc, je suis désolé, mais...

– Quoi ? Tu n'as pas à être désolé. Qu'est-ce que tu veux ?

– Tu n'as qu'à défaire ta ceinture et la nouer au manche du parapluie... J'espère que le manche est courbé.

– Il est courbé. Il l'est même beaucoup.

– Alors, noue la ceinture à la courbe du manche.

– Je vais la nouer. Je le fais tout de suite.

– Quand tu l'auras nouée, tu laisseras pendre par en haut le bout de la ceinture.

– Je le laisserai pendre. C'est tout simple. Ne t'inquiète pas. Attends-moi... Et voilà, tu vois descendre du haut du ciel un long fil.

– Ecoute, il faut que tu tiennes fermement le parapluie. Moi, je pèse soixante-six kilos.

– Tu peux peser autant de kilos que tu veux. Remonte, le cœur tranquille.

– Ça y est ?

– Vas-y.

– J'y vais... Ah non, ça ne va pas. Il ne faut pas que tu glisses comme ça...

– Cette fois-ci, ça ira. Là, c'était un simple essai. Allons, remonte, ne crains rien.

– Si tu glisses, nous tomberons tous les deux, tu sais ?

– Mais ne crains rien. Là, je tenais mal le parapluie.

– Ecoute, tiens bon en calant tes pieds à la racine des *susuki*... Si tu mets de la force dans tes jambes trop près du bord, le sol va s'effondrer et tu vas glisser.

– D'accord. Ne crains rien. Allez, remonte.

– Tu as bien pris appui ? J'ai l'impression qu'on va rater cette fois-ci encore.

– Hé ?

– Quoi ?

– Tu as l'air de craindre que je n'aie pas assez de force.

– Oui.

– Mais moi aussi je suis normalement constitué.

– Bien sûr.

– Alors calme-toi et fais-moi confiance. Je suis petit mais je crois pouvoir sauver un ami au fond d'un fossé.

– Alors je monte. Hop...

– Allez... Encore un peu.

Prenant appui à la racine des *susuki*, de ses pieds couverts d'ampoules et enflés, exposant sa nudité à la pluie du deux cent dixième jour, contorsionnant ses hanches comme une crevette, Roku s'agrippe désespérément au manche du parapluie. Sous le chapeau de paille fixé sur sa tête avec la serviette, son visage écarlate sous la poussée est fouetté, sur presque chacune de ses parcelles, par le vent qui descend du mont Aso, alors que, sur ses dents serrées de cheval, le *yona* tombe impitoyablement.

Heureusement le manche de son parapluie à huit baleines, en satin, est taillé dans un solide bois naturel avec de gros nœuds, si bien qu'il a peu de chance de se briser. C'est à ce bois naturel courbé, que la ceinture d'homme teinte à la Narumi est attachée, et, comme une corde nouvellement tendue sur un arc puissant de Satsuma, elle se fraye un chemin tout droit au milieu des *susuki,* disparaissant à son extrémité dans le fossé. Et, de là, au bout d'un moment, une grosse tête de hérisson surgit soudain.

A peine s'est-il agrippé de ses deux mains au bord en criant « yah », que le colosse sort son buste du fossé, le parapluie fixé en biais à ses reins. A ce moment précis, Roku tombe à la renverse, avec fracas, au fond des *susuki*.

5.

– Allez, c'est l'heure du petit déjeuner. Lève-toi.

– Hmm. Je ne me lève pas.

– Tu n'as plus mal au ventre ?

– Non, presque plus. Mais, dans l'état où je suis, je ne sais pas quand j'aurai de nouveau mal. *Quoi qu'il en soit*, comme c'est l'effet de l'*udon*, je ne vais pas guérir facilement.

– Si tu peux parler comme ça, c'est déjà pas mal. Ecoute, si on partait maintenant ?

– Mais pour où ?

– Pour le mont Aso !

– Tu as encore l'intention d'y aller ?

– Evidemment. Le but de ce voyage était

d'aller au mont Aso. C'est difficile de ne pas y aller.

– C'est peut-être logique. Mais malheureusement avec mes ampoules, je crains qu'il ne faille y renoncer.

– Elles te font mal ?

– Si elles me font mal ? Mais, même quand je suis couché comme ça, la douleur se répercute dans ma tête.

– Avec tout le cataplasme imprégné de cendre de cigarettes, ça n'a pas du tout marché ?

– Si ça marchait avec des mégots, ce serait inquiétant.

– Mais quand je t'en mettais, tu avais l'air tellement reconnaissant.

– Parce que je pensais que ça me guérirait.

– Au fait, hier, tu t'es mis vraiment en colère.

– Quand ?

– Quand tu tirais le parapluie, à moitié nu.

– Parce que tu étais si méprisant.

– Ha, ha, ha, ha ! Mais grâce à ça, j'ai pu sortir du fossé. Si tu ne t'étais pas mis en colère, je serais peut-être maintenant gisant au fond du fossé.

— Je t'ai tiré sans craindre d'écraser mes ampoules et je suis tombé à moitié nu sur les *susuki*. Malgré ça, tu ne me dis même pas « Merci ». Tu es vraiment insensible.

— Je t'ai tout de même transporté jusqu'à cette auberge.

— Ce n'est pas vrai. J'ai marché tout seul.

— Alors tu sais où nous sommes ?

— Tu me prends pour un idiot. Où sommes-nous ? Nous sommes dans le village d'Aso. Pour être plus précis, dans un relais de chevaux, qui est à trois pâtés de maisons du restaurant où tu m'as forcé à manger de l'*udon*, quoi qu'il en soit. On a fait de la montagne pendant une demi-journée, et quand on a enfin réussi à redescendre, on s'est retrouvé au point de départ : quelle stupidité ! Je ne ferai plus confiance à ta bénédiction du ciel.

— On n'a pas eu de chance parce que c'était le deux cent dixième jour.

— Et puis, tu as fait ton numéro de cabotin en pleine montagne.

— Ha, ha, ha, ha ! Mais à ce moment-là, tu t'es bien laissé émouvoir et tu disais : « Oui, oui. »

— A ce moment-là peut-être, mais maintenant que j'y repense, quelle bêtise ! Dis-moi, tu étais sincère ?

– Hmm.

– Tu plaisantais, alors ?

– A ton avis ?

– Je m'en fiche, mais si tu étais sincère, il faut que je te mette en garde.

– Mais à ce moment-là, qui a pleurniché en me demandant de raconter ma vie ?

– Je n'ai pas pleurniché. J'avais si mal aux pieds que j'avais le cœur serré.

– Mais, aujourd'hui, te voilà dès potron-minet en pleine forme. On dirait quelqu'un d'autre qu'hier.

– Malgré la douleur aux pieds… Ha, ha, ha, ha ! A vrai dire, tout cela me paraissait si stupide que j'ai décidé de me mettre en colère.

– Contre moi ?

– Mais contre qui d'autre aurais-je pu le faire ?

– J'avais le beau rôle. Au fait, si tu veux manger une soupe de riz, je vais la commander.

– Pourquoi pas ? Mais avant tout, j'aimerais que tu te renseignes sur l'heure du départ de la diligence.

– Où est-ce que tu veux aller en diligence ?

– A Kumamoto, bien sûr.

– Tu veux rentrer ?

– Qu'est-ce que je peux faire d'autre ? Je ne vais quand même pas cohabiter ici avec des chevaux : ce serait vraiment au-dessus de mes forces. Cette nuit, à mon chevet, ils ne cessaient de donner des coups de sabot contre la cloison : ça m'a exaspéré.

– Ah ! bon. Je ne savais pas du tout. Il y avait tant de bruit ?

– Si tu n'as pas entendu ce bruit, on peut dire que tu es vraiment du parti des Austères. Mais, tu as un sommeil de loir. Tu m'avais promis dur comme fer que tu me raconterais ta vie. Tu as commencé à parler du journal d'un médecin : mais au moment crucial, tu t'endors comme une masse... Et avec ça en ronflant épouvantablement...

– Ah ! bon. J'en suis désolé. J'étais si fatigué.

– A propos, quel temps fait-il ?

– Il fait beau.

– Il est nul, ce temps. Il aurait dû faire

beau hier... Et, tu t'es débarbouillé ?

– Il y a longtemps. Quoi qu'il en soit, lève-toi.

– Mais je ne peux pas me lever comme ça. Je suis nu.

– Moi, je me suis bien levé nu.

– Tu es tellement sans gêne. C'est exagéré, même si on admet que tu es d'une famille de marchands de *tôfu*.

– Je suis allé me laver à l'eau froide dans la cour. Alors la patronne m'a apporté mon kimono. Il est sec. Simplement il est devenu gris.

– S'il est sec, je vais me le faire apporter, dit Roku en frappant énergiquement dans ses mains.

Du côté de la cuisine, on entend la réponse. C'était une voix d'homme.

– C'est le cocher ?

– Peut-être le patron.

– Tu crois ? Attends, je vais essayer de deviner qui c'est, en restant couché.

– Mais pour quoi faire ?

– Je vais parier avec toi.

– Moi, je ne parie pas.

– Allez ! Cocher ou patron ?

— Eh bien…

— Décide vite. Il va arriver.

— Alors, disons : patron.

— Donc, toi le patron, moi le cocher. Celui qui a perdu obéira à l'autre pendant toute la journée.

— Je ne prends pas ce genre de décision.

— Bonjour messieurs… Vous m'avez appelé ?

— Oui. Pouvez-vous m'apporter mon kimono ? J'espère qu'il est sec.

— Oui-da.

— Et puis, j'ai un petit ennui au ventre : voulez-vous me préparer de la soupe au riz ?

— Oui-da. Pour vous deux ?

— Moi, un riz nature m'ira parfaitement.

— Alors, pour une personne ?

— C'est ça. Et puis, à quelle heure partent les diligences ?

— Pour Kumamoto, elles partent à huit heures et à une heure.

— Alors nous prendrons celle de huit heures.

— Oui-da.

— Mais tu retournes vraiment à Kumamoto ? Ça nous a tellement coûté de venir jusqu'ici ; c'est bête de ne pas monter au mont Aso.

— Ce n'est pas possible.

– Mais ça nous a tellement coûté…

– Comment ça, « tellement coûté » ! C'est tout simplement sur ton ordre qu'on se retrouve là. Avec ces ampoules, que veux-tu qu'on fasse ?… Sinon rendre nulle et non avenue la bénédiction du ciel.

– Si tu as mal aux pieds, on n'y peut rien, mais… quel dommage, ça nous a tellement coûté de nous décider… Regarde, il fait si beau.

– Je te dis donc qu'on va rentrer ensemble. Ça nous a tellement coûté de venir ensemble, il faut bien qu'on rentre ensemble.

– Mais on est venu faire l'ascension du mont Aso. Si on rentre sans l'avoir escaladé, c'est sans excuse.

– Excuse à qui ?

– A mon principe.

– Encore ton principe. Comme il est étroit ! Alors, si on retournait une fois à Kumamoto et revenait ici.

– Si on repart et revient, je ne me le pardonnerai pas.

– Il faut s'excuser de tant de choses avec toi ! Fondamentalement, tu es trop têtu.

– Pas tant que ça.

— Mais jusque-là, tu ne m'as jamais écouté.

— Si, des tas de fois.

— Non, jamais.

— Hier, je l'ai fait une fois. Quand je suis remonté du fossé, j'ai proposé de continuer l'ascension, mais comme tu as insisté pour redescendre, on est donc revenu ici.

— Hier, c'était exceptionnel. C'était le deux cent dixième jour. C'est moi, au contraire, qui ai dû manger plusieurs fois de l'*udon*.

— Ha, ha, ha, ha ! Quoi qu'il en soit...

— Laissons tomber. On discutera plus tard, parce que le monsieur de l'auberge attend ici...

— C'est vrai.

— Hé, à propos...

— Quoi ?

— Ce n'est pas à toi que je m'adresse. C'est à vous que je parlais, monsieur.

— Oui-da.

— Vous êtes cocher ?

— Non.

— Vous êtes alors le patron ?

— Non.

— Qu'est-ce que vous faites alors ?

— Je suis un employé...

— Tiens, tiens. Alors là, ça ne va plus. Tu

as entendu ? Il n'est ni cocher ni patron.

— Mais qu'est-ce que ça fait ?

— Ce que ça fait ?... Enfin peu importe. Vous pouvez disposer.

— Oui-da. Désirez-vous tous les deux partir en diligence ?

— Ça, c'est un point de litige.

— Héhéhéhé ! La diligence de huit heures va bientôt être prête.

— Oui, donc, nous allons trouver une solution à notre litige avant huit heures. En attendant, vous pouvez vous retirer.

— Héhéhéhé ! Prenez votre temps.

— Hé, il est parti !

— C'est normal. Tu as insisté pour qu'il parte.

— Ha, ha, ha ! Il n'est donc ni cocher ni patron. C'est ennuyeux.

— Mais qu'y a-t-il d'ennuyeux ?

— Eh bien, voici ce que j'escomptais. Suppose qu'il ait dit : « Je suis cocher. » Alors, j'aurais gagné le pari. Tu aurais donc été obligé d'obéir au moindre de mes ordres.

— Je n'aurais pas obéi. Je n'ai jamais fait une telle promesse.

— Mais suppose que tu l'aies faite.

— Je ne l'ai pas faite.

— Faisons comme si. Alors tu aurais été obligé de retourner à Kumamoto avec moi.

— Peut-être bien.

— J'étais content à cette idée, mais puisqu'il s'agit d'un employé, tant pis.

— Comme c'est lui-même qui le prétend, on n'y peut rien.

— S'il avait dit : « Je suis cocher », j'aurais été prêt à lui donner trente *sen*, ah quel idiot !

— Il ne t'a rendu aucun service : tu n'as pas à donner trente *sen*.

— Mais toi-même avant-hier soir, tu as donné vingt *sen* à cette servante bizarrement coiffée.

— Comment tu le sais ?... Sa simplicité m'a plu. Elle mérite plus de respect que les nobles et les riches.

— Ça y est. Il ne se passe pas un jour sans qu'on ait droit à tes « nobles et riches ».

— Bien au contraire, on a beau répéter ça plusieurs fois par jour, ce n'est jamais suffisant. Tant de fiel et de toupet...

— Tu parles de toi ?

— Non, des nobles et des riches.

— Ah ! bon.

— Par exemple, ils commettent une mauvaise action aujourd'hui. Et ça ne marche pas.

– C'est normal que ça ne marche pas.

– Alors, ils répètent une mauvaise action semblable demain. Ça ne marche toujours pas. Alors, après-demain, ils refont la même chose. Jusqu'à ce qu'ils réussissent, ils la répètent tous les jours. Pendant trois cent soixante-cinq jours ou sept cents jours, ils continuent. Ils croient que les mauvaises actions répétées à l'infini se transforment en bonnes actions. C'est un scandale !

– Un scandale !

– Si on les laisse réussir leur coup, la société finira dans une pagaille totale. Hé, n'est-ce pas ?

– Oui, elle finira dans une pagaille totale.

– Si nous vivons en ce monde, notre premier but doit consister à abattre les monstres de la civilisation et à donner un tant soit peu de réconfort au petit peuple sans argent et sans pouvoir, n'est-ce pas ?

– Oui, c'est ça, oui !

– Si tu es d'accord, suis-moi !

– Oui, je te suis !

– Promis juré ? Oui ?

– Oui, promis juré !

– Alors, quoi qu'il en soit, allons au mont Aso !

– Oui, quoi qu'il en soit, allons au mont Aso !

Au-dessus de leurs têtes, le mont Aso du deux cent onzième jour éructe, en grondant, un siècle de grogne dans l'azur infini.

Rivages poche / Bibliothèque étrangère

Harold Acton
Pivoines et poneys (n° 73)

Sholem Aleikhem
Menahem-Mendl le rêveur (n° 84)

Jessica Anderson
Tirra Lirra (n° 194)

Reinaldo Arenas
Le Portier (n° 26)

James Baldwin
La Chambre de Giovanni (n° 256)

Quentin Bell
Le Dossier Brandon (n° 102)

Stefano Benni
Baol (n° 179)

Ambrose Bierce
Le Dictionnaire du Diable (n° 11)
Contes noirs (n° 59)
En plein cœur de la vie (n° 79)
En plein cœur de la vie, vol. II (n° 100)
De telles choses sont-elles possibles ? (n° 130)
Fables fantastiques (n° 170)
Le Moine et la fille du bourreau (n° 206)

Elizabeth Bowen
Dernier Automne (n° 265)

Paul Bowles
Le Scorpion (n° 3)
L'Écho (n° 23)
Un thé sur la montagne (n° 30)

Emily Brontë
Les Hauts de Hurle-Vent (n° 95)

Robert Olen Butler
Un doux parfum d'exil (n° 197)
Étrange Murmure (n° 270)

Calamity Jane
Lettres à sa fille (n° 232)

Peter Cameron
Week-end (n° 245)

Ethan Canin
L'Empereur de l'air (n° 109)
Blue River (n° 157)

Truman Capote
Un été indien (n° 9)

Willa Cather
Mon ennemi mortel (n° 74)
Une dame perdue (n° 101)
Destins obscurs (n° 117)
La Mort et l'Archevêque (n° 144)
Mon Ántonia (n° 159)
La Maison du professeur (n° 217)
L'Un des nôtres (n° 285)

Fausta Cialente
Les Quatre Filles Wieselberger (n° 10)

Barbara Comyns
Les Infortunes d'Alice (n° 94)

Joseph Conrad
Le Duel (n° 106)

Lettice Cooper
Une journée avec Rhoda (n° 137)
Fenny (n° 264)

Giuseppe Culicchia
Patatras (n° 227)

Silvio D'Arzo
Maison des autres (n° 78)

Robertson Davies
L'Objet du scandale (n° 234)
Le Manticore (n° 260)
Le Monde des Merveilles (n° 280)

Angela Davis-Gardner
Un refuge en ce monde (n° 118)
Felice (n° 203)

Andrea De Carlo
Oiseaux de cage et de volière (n° 178)

Walter de la Mare
L'Amandier (n° 108)

Christopher Isherwood
Le Condor (n° 28)
Octobre (n° 284)
Henry James
Mémoires d'un jeune garçon (n° 27)
Owen Wingrave (n° 36)
Le Dernier des Valerii (n° 62)
Un épisode international (n° 97)
Diane Johnson
Nuits persanes (n° 185)
Elizabeth Jolley
L'Héritage de Miss Peabody (n° 87)
Tombé du ciel (n° 131)
Foxybaby (n° 161)
Le Puits (n° 282)
Barbara Kingsolver
L'Arbre aux haricots (n° 224)
Les Cochons au paradis (n° 242)
Rudyard Kipling
Le Miracle de saint Jubanus (n° 85)
Fatos Kongoli
Le Paumé (n° 271)
Mirko Kovač
La Vie de Malvina Trifković (n° 111)
Gavin Lambert
Le Crime de Hannah Kingdom (n° 104)
Ella Leffland
Rose Munck (n° 134)
David Lodge
Jeu de société (n° 44)
Changement de décor (n° 54)
Un tout petit monde (n° 69)
La Chute du British Museum (n° 93)
Nouvelles du Paradis (n° 124)
Jeux de maux (n° 154)
Hors de l'abri (n° 189)
L'homme qui ne voulait plus se lever (n° 212)
Thérapie (n° 240)
Rosetta Loy
Les Routes de poussière (n° 164)
Un chocolat chez Hanselmann (n° 255)

Vladimir Nabokov
L'Enchanteur (n° 215)

Roger Nimier
Les Indes Galandes (n° 64)

Whitney Otto
Le Jour du patchwork (n° 184)

Cynthia Ozick
Le Rabbi païen (n° 29)

Grace Paley
Les Petits Riens de la vie (n° 1)
Plus tard le même jour (n° 13)
Énorme changement de dernière minute (n° 163)

Victor Paskov
Ballade pour Georg Henig (n° 33)

Pier Paolo Pasolini
Descriptions de descriptions (n° 168)

Walker Percy
Le Cinéphile (n° 18)
L'Amour parmi les ruines (n° 88)
Les Signes de l'apocalypse (n° 172)

Annie Proulx
Nœuds et dénouement (n° 267)

Barbara Pym
Adam et Cassandra (n° 15)
Secret, très secret (n° 35)
Lorsqu'un matin d'orage (n° 47)

Elisabetta Rasy
La Première extase (n° 228)

Umberto Saba
Couleur du temps (n° 6)
Comme un vieillard qui rêve (n° 17)

Lisa Saint-Aubin de Terán
Les Jours de l'Orénoque (n° 90)

John Saul
Baraka (n° 142)
De si bons Américains (n° 183)
Mort d'un général (n° 216)

Karel Schoeman
En étrange pays (n° 249)

Budd Schulberg
Un homme dans la foule (n° 76)
Le Désenchanté (n° 77)
Le Visage de Hollywood (n° 156)

Carl Seelig
Promenades avec Robert Walser (n° 65)

Carol Shields
Swann (n° 126)
La République de l'amour (n° 160)

Jane Smiley
Portraits d'après nature (n° 148)
L'Exploitation (n° 199)
Un appartement à New York (n° 218)
Moo (n° 277)

Natsumé Sôseki
Oreiller d'herbes (n° 2)
Clair-obscur (n° 22)
Le Voyageur (n° 122)
Le 210e jour (n° 286)

Elizabeth Spencer
Nouvelles du Sud (n° 188)

Tilman Spengler
Le Cerveau de Lénine (n° 151)

Robert Louis Stevenson
Fables (n° 20)
La Magicienne (n° 34)
Olalla (n° 56)

Italo Svevo
Le Destin des souvenirs (n° 12)

Paco Ignacio Taibo II
Le Rendez-vous des héros (n° 204)

Elizabeth Taylor
Angel (n° 41)
Mrs. Palfrey, Hôtel Claremont (n° 67)
Cher Edmund (n° 98)
Noces de faïence (n° 125)
Une saison d'été (n° 155)
La Bonté même (n° 190)
Le Papier tue-mouches (n° 250)
Une partie de cache-cache (n° 273)

Gore Vidal
Un garçon près de la rivière (n° 269)

Alberto Vigevani
Le Tablier rouge (n° 136)
Un été au bord du lac (n° 195)

Evelyn Waugh
Trois Nouvelles (n° 138)

Fay Weldon
Copies conformes (n° 128)

Paul West
Le Médecin de Lord Byron (n° 50)

Rebecca West
Femmes d'affaires (n° 167)

Joy Williams
Dérapages (n° 120)

Tim Winton
Cet œil, le ciel (n° 225)
La Femme égarée (n° 262)

Banana Yoshimoto
N.P (n° 274)

Evguéni Zamiatine
Seul (n° 16)
Le Pêcheur d'hommes (n° 19)

Achevé d'imprimer sur rotative
par l'Imprimerie Darantiere à Dijon-Quetigny
en octobre 1999

Dépôt légal : octobre 1999
N° d'impression : 99-1066